小学館文庫

今夜、ぬか漬けスナックで

古矢永塔子

JN138364

CONTENTS

プロローグ

　朝起きて一番に、私は台所に向かう。床下収納の奥から、もう十年以上愛用している角形のホーロー容器を取り出し、そっと蓋をずらす。顔を近付け、ぬかの甘い香りを胸いっぱいに吸い込むと、ようやく体の隅々が、さわさわと目覚め始める。

　ぬか床の中には神さまが住んでいて、優しく語りかけることで味がまろやかになるというのが、亡き祖母の教えだ。だから私も、おはよう、今日もよろしくねと、ぬか床の神さま……ならぬ、ぬか床で息づく発酵菌たちに、胸の内で語り掛ける。

　それから、丹念に手を洗う。清潔な布巾で水気を拭い、ようやくぬか床に触れる。昨日はほんの少しだけ水気が多かったが、今朝はほどよく水分が抜け、ふかふかと柔らかい。やはり、昨夜のうちに干し椎茸《しいたけ》を仕込んでおいて正解だった。

「槇生《まきお》ちゃん、おはよう。何か手伝うことない？」

　古い畳が軋《きし》む音と共に、家主《やぬし》の伊吹《いぶき》が現れる。Tシャツとスウェットパンツというラフな服装で、台所の入り口から顔を覗《のぞ》かせている。

「もうできるから、あっちで座ってて」

弱火に掛けた土鍋の蓋が、コトコトと揺れる。火を止めて蒸らす間に、ぬか床から出した胡瓜《きゅうり》を洗い、薄切りにする。野菜室の余り物を刻んで味噌汁《みそしる》を作り、炊きあがった土鍋ご飯と共に食卓に運ぶ。伊吹は卓袱台《ちゃぶだい》に頬杖《ほおづえ》をつき、うつらうつらと舟を漕《こ》いでいた。寝不足のせいか、目の下に隈《くま》が浮いている。

「伊吹君、無理に起きてこなくていいんだよ。昨日も遅かったんじゃない?」

「でも槇生ちゃんの朝ご飯、おいしいから」

差し向かいで手を合わせ、上目遣いに伊吹を盗み見る。十代からずっと夜の仕事をしていたと聞いているが、伊吹はくすみのない、滑らかな肌をしている。年齢は三つか四つしか違わないはずなのに、これが若さか。

「槇生ちゃんは、今日はハローワークだっけ。結構遠いけど、大丈夫かな」

「平気だよ、バスで一本でしょ?」

「ごめんね、俺が車を出せればいいんだけど……。せめてバス停まで送っていこうか?」

「スマホの地図アプリもあるし、大丈夫だって」

縁側から射《さ》し込む朝日が、胡瓜のぬか漬けの切り口を瑞々《みずみず》しく輝かせている。ひと切れ摘《つ》まんで口に入れる。思ったよりも酸味が強い。この家に越してきて二週間と少し、ぬか床も私も、まだ島の気候に馴染《なじ》めていない。

「無理に外で仕事を探さなくても、うちの店を手伝ってくれたら俺も助かるんだけどな」

「ごめん、接客は自信ない」

「そっか。気が変わったら、いつでも言ってね」

ぶっきらぼうに断る私に、伊吹は気を悪くした様子もない。つくづくお人好《ひとよ》しだ。お人好し過ぎて逆に、胡散臭《うさんくさ》い。

「このぬか漬け、今日も店に持っていっていいかな。お客さんに評判がいいんだよね。常連の烏丸《からすま》さんなんか、血が綺麗《きれい》になる気がするって言ってさ」

「食べ過ぎると高血圧になって、逆にドロドロになるよ」

「忠告しとく」

私の憎まれ口など、どこ吹く風だ。

後片付けを済ませ、家を出る。緩やかな坂道を下ってゆくと、香ばしい匂いが鼻をくすぐる。伊吹が暮らす平屋建ての古民家は、島伝統の醤油《しょうゆ》や佃煮《つくだに》を作る工場に囲まれている。工場、とはいっても現代的な雰囲気はなく、杉を黒く焦がした板壁の、昔ながらの蔵のような建物が連なっている。

路地を抜けてバス停に向かう私の頬を、湿った風がなぶる。潮気を含んでべたついた感触は、すれ違う人々が私に注ぐ視線に似ている。手を繋《つな》いで散歩をする老夫婦も、大玉のレタスをこぼれんばかりに積んだリヤカーを引いて歩く男性も、道路脇で警戒心もなくくつろぐ野良猫たちですら、したり顔で私を見る。どの顔にも、「ああ、最近越してきた余所者《よそもの》ね」と書かれている。不愉快だし、鬱陶しい。

だが私にはもう、他に身を寄せる場所がないのだ。

島のハローワークの職員は、調子の悪そうなプリンターを覗き込み、「こりゃいかんわ」と眉をひそめた。「サキちゃーん、おーい、サキちゃーん」と声を張り上げ、結局「すんませんね、若い子が、どっか行ってしもたみたいで」と白髪頭を撫《な》でつけながら戻ってくる。どうやら、私が請求した求人票がプリンターの奥で詰まってしまったらしい。

「最近の子はトイレ休憩が長《なご》うてね。スマホでもつついとるんやろか」

「はぁ」

机の端にちょこんと座ったぬいぐるみが、つぶらな瞳で私を見つめている。黄緑色のまん丸い顔、頭には葉っぱが二枚。オリーブをモチーフにした、島のマスコットらしい。温暖で雨が少ない島の気候は、日本の地中海とも呼ばれ、オリーブの生産地として有名なのだという。

「東京では、ずっと食品製造の仕事をしとったんやな。そんなら漁港や農園の手伝いとか、佃煮の袋詰めみたいなんが向いとんちゃうんかな。今はどこでも、若者の手が足りんからなあ」

「できれば事務で探したいんです。もう立ちっぱなしの仕事は、自信がないので」

「体の方は丈夫そうやけどな。どっか、具合悪いところでもあるんか？」

悪かったな、華奢《きやしや》じゃなくて。詮索されるのも面倒なので「そうなったときのためにデスクワークの経験も積んでおきたくて」と、ごまかした。

「ふぅん。そういう仕事は、どしても学歴とかが条件に入ってくるからなぁ」

孫の手にピンポン玉がついたもので肩を叩《たた》きながら、男は眉を寄せた。ワイシャツの胸ポケットに留められたネームプレートには、川添《かわぞえ》と書かれていた。

「無理して外で探さんでもええんとちゃう？　あんた、小豆島町の『スナックかえで』のマスターと、一緒に暮らしとんやろ」

「はぁ、まぁ」

「店を手伝わんでええんか？　先月看板ママが亡《の》うなって、大変らしいやんか。マスターが思い詰めた顔でふらふら海沿いを歩きょんのを、わしも何遍か見かけたわ。あんた、目を離したらいかんで。身内の不幸みたいなんは、何でか次々重なるもんやからなあ」

「……そうですかね」

「それにしても、あの楓《かえで》ママがなぁ。島でも評判の別嬪《べっぴん》やったのに。ちょっとの間《ま》、店を閉めると聞いとうたけど、そんな重い病気やったんやなあ」

川添は痛ましげに口をへの字にしたが、老眼鏡の奥の目は、下世話な好奇心できらめいていた。ずいぶん忙しい顔面だ。

「なぁ、実際、マスターとママは、どういう関係やったん?」

「本人たちは何と?」

「ママは毎回言うことが変わるもんでな。前の旦那の連れ子とか、借金の取り立てで追っかけてきたヤクザの舎弟とか、いろいろや。そういうとらえどころがないところが、男心をくすぐるんやわ」

だんだん阿呆《あほ》らしくなってきた。このままここに居ても、年寄りの与太《よた》話に付き合わされるだけだ。帰り支度を始める私に、川添は「ちょ、ちょっと待ってや」と追いすがる。何の得もなかろうに、少しでも噂話《うわさばなし》のネタを引き出そうと必死だ。

「ほんまのとこ、あんたは一体何者なん? みんないろいろ噂をしとんで。口が悪い奴《やつ》は、ママが亡うなって間もないのに、若いマスターがもう新しい女を引っ張り込んだ、てな」

　どう答えるべきか悩み、結局面倒くさくなって「姉です」と投げやりに返した。

「母が亡くなって弟が気落ちしていたので、しばらく一緒に暮らそうかと」

　川添は豆鉄砲を食らったような顔をした。

「そしたら、あんたら三人、親子なん？　確かに、マスターも楓ママも綺麗な顔をしとったから、まあ、似とらんこともないけど――」

　みなまで言うな、とっくに聞き飽きている。そんな私の心の声も虚《むな》しく、川添は机から身を乗り出し、老眼鏡を外して私を見つめた。

「あんたは、全然似とらんな」

　無言で肩掛けバッグに頭を通し、出口に向かう。ようやくトイレから出てきた女子職員が「また紙詰まりですかぁ？」と不機嫌そうにぼやくのが聞こえた。


　昼過ぎに家に戻ると、伊吹はすでに出掛けていた。タイル敷の玄関の右隅には、踵《かかと》の高いパンプスがひと揃《そろ》え、ぽつんと置かれている。明るい黄色にラベンダーの模様がちりばめられたデザインは、私なら一生選ばない。私だけではなく多くの女が、ショーウインドウで目を惹《ひ》かれることはあっても、きっと手に取ることすらしないだろう。

もう誰も履くことのない美しい靴は、私が初めてこの家に招かれた日からずっと、そこに置かれている。

底が摩《す》り減ったキャンバス地のスリッポンを脱ぎ、右手の広縁に出る。庭に面した掃き出し窓から、眩《まぶ》しいほどの光が降り注いでいる。こぢんまりとした木造の平屋建てだが、二人で暮らすには十分な広さだ。仏壇が置かれた八畳の居間の隣には、襖《ふすま》だけで仕切られた六畳間。一番奥にリフォームされた洋室がある、らしい。らしい、というのは、一度も中を覗いたことがないからだ。伊吹の寝室で、かつてあの人と一緒に使っていた部屋だ。

自分に割り当てられた六畳間に入り、誰もいないのをいいことに、襖と障子を開け放つ。掃き出し窓も開けてしまうと、潮風が部屋に籠《こも》った空気を攫《さら》ってゆく。胸がすっとした。居候《いそうろう》を始めて二週間余りになるが、未《いま》だに、他人《ひと》の家の臭い、という感覚が抜けない。

夕方シャワーを浴び、畳に寝転がってスマホの求人情報を眺めていたら、いつのまにか眠ってしまった。開け放った襖の向こう、薄暗い居間の奥から、香ばしい匂いが漂っている。台所を覗くと伊吹が中華鍋を振っていた。

「伊吹君、帰ってたんだ。早いね」

「そう？　いつも通りだよ」

壁掛け時計を見ると、短い針がてっぺんを指している。六時間以上も眠ってしまったらしい。

「ハローワークはどうだった？」

「鬱陶しかった。就職には関係ないことまで根掘り葉掘り聞かれて、うんざりした」

率直な感想を述べると、伊吹は「お疲れ」と苦笑する。

「そういえば伊吹君のこと、弟って言っちゃった」

「それが一番穏当だよね。槙生ちゃんは、夕飯なに食べた？」

食べてない、と答えると、「じゃあ半分こしようか」と大きく鍋を煽《あお》る。米粒と共に踊っているのは、みじん切りにされた胡瓜のぬか漬けのようだ。伊吹は浮かび上がった炒飯《チャーハン》をお玉でキャッチし、食器棚から取り出したご飯茶碗《ぢゃわん》に、ぐっと押し付けた。

ドーム形の炒飯がポコンと外れる。こんな深夜に炒《いた》めた炭水化物か……と思いつつ、卓袱台を挟んで向かい合う。スプーンの先でつつくと、炒飯のドームは、そっと触れただけでホロリと崩れた。ごま油と玉子、そして町全体にも漂う醤油の香りが鼻をくすぐる。

「伊吹君、昔は中華のお店で働いてた？」

「どうして？」

すごく上手だから、と言葉にするのは癪《しゃく》で、私は無言でスプーンを口に運んだ。一粒ずつ玉子でコーティングされ、パラリと炒め上がった米粒と青ネギ。嚙《か》み締めると、みじん切りにされた胡瓜のぬか漬けの感触が歯に当たり、コリコリと心地良い。

伊吹は炒飯には手をつけず、じっと私を見つめている。

「そんなに見られてると、食べづらいんだけど」

「ごめん」

伊吹はスプーンを持ったまま、手の甲で鼻を擦《こす》った。

「さっき帰ってきたとき、槇生ちゃんの部屋に灯《あか》りがついているのが見えた」

「ああ、点《つ》けっぱなしで寝てた。ごめん」

伊吹は困ったように視線をさまよわせ、「いや、そうじゃなくて……」と呟《つぶや》く。

「堤防沿いの道から、家の灯りが見えてさ。ちゃんと槇生ちゃんがいるんだなって思ったら、ほっとした。ひとりの家で朝を待たなくてもいいんだなって。あの日、槇生ちゃんに会えてよかった」

返事のしようがなく、私は黙って炒飯を咀嚼《そしゃく》する。

あの日というのは、先月の母の葬儀の日のことだろう。エレベーターホールのように素っ気無い火葬場で、私と伊吹は、二人きりで母の棺《ひつぎ》を見送った。

「あのあと、火葬が終わるまで槇生ちゃんと控室で待ったよね」

「あれは気まずかったね、初対面で一時間近く二人っきりって」

「いびきをかいて寝てた人が、何言ってんの」

あの日、沈痛な面持ちでうなだれる伊吹に倣《なら》い、私も重々しい顔つきを作って俯《うつむ》いていた。だがいつのまにか爆睡し、スタッフにお骨上《こつあ》げを告げられたとき、焦って椅子から転げ落ちそうになったのだ。

「俺、すごく悲しかったのに、心のどこかで、そんな自分を俯瞰《ふかん》で見ててさ。お骨のこととか店のこととか、冷静に考えてる自分にぞっとした。でも槇生ちゃんが目の前でぐうぐう寝てるのを見たら、その不謹慎さに逆に気が楽になったというか」

「なんて返せばいいのかわからないんだけど」

「どういたしまして、かな」

「今の、感謝な言葉なわけ？」

「そうだよ」

伊吹は笑いながら、ようやく炒飯を口に運んだ。

あの日。棺の中で白い花に囲まれた母の顔には、ちぐはぐな死化粧が施されていた。口紅の色は艶やかなコーラルオレンジで、青みがかったピンクの頬紅との相性が最悪だった。多くの男から綺麗だ美人だと誉《ほ》めそやされた母が、最後の最後でこんな顔であの世に送られるなんて、さぞかし無念なことだろう、と思った。

ざまあみろ。

そんな言葉が胸に浮かび、ぎょっとした。もう何年も音信不通だった母に対し、そこまで生々しい感情が残っていたことに、驚いた。

視界の片隅で何かが動き、目を向けると、隣に立っていたはずの男が床にへたりこんでいた。喪服のスラックスの裾がずり上がり、筋張ったくるぶしが剝《む》き出しになっていた。

『……大丈夫ですか？』

私の声は、あからさまに迷惑そうだった。ドラマみたいに泣き叫ばれたら厄介だな、と思ったのだ。男は掠《かす》れ声で、大丈夫です、と呟いた。

それが私と伊吹の出会いだった。私よりも年下の、母の最初で最後の夫だ。

第一話　足し塩

母の骨を焼いた火葬場は、島で一番大きな港からほど近い場所にあった。そこから海沿いの道をバスに揺られて四十分、島の中心街から離れるに従い緑が深くなり、コンビニエンスストアやチェーンの飲食店の見慣れた看板が減っていった。外壁に焼杉を使った瓦屋根の家並みは、東京育ちの私の目には異質で、バスが走るごとに過去にタイムスリップしてゆくような感覚にたじろいだ。伊吹は母の骨壺《こつつぼ》を膝に抱き、ひとことも話さなかった。

バスの降車口で、伊吹は少々もたついた。片手で骨壺を胸に抱き、もう片方の手で、よろめきながら喪服のポケットを探っていた。

『手伝いましょうか』

『いや、でも……』

『火葬場の人も、割れやすいから気を付けてくださいって言ってたし』

初対面の女にスラックスのポケットをまさぐられ、伊吹はさすがに面食らったようだった。私は強引にバスのチケットと、ついでに鍵を取り出し、バスを降りたあとは「こっちですか?」と、それらしき坂道をずんずん上った。

母が伊吹と暮らした平屋建ての一軒家は、移住を決めた六年前に、高齢の夫婦から買い取ったものらしい。他の民家同様に瓦屋根の、古めかしい佇《たたず》まいだった。鍵を開け中に入ると、タイル敷きの玄関に、黄色のパンプスが置かれているのが見えた。

一瞬、足がすくんだ。湿った木の香りと、余所の家の台所のにおいに混ざって、外国土産《みやげ》のお香のような、癖のある香りがした。母の香りだ。母は確かにこの家で、男と——ふたまわり近くも年下の、実の娘よりも若い男と暮らしていたのだ。

悲しみや懐かしさを感じたというよりは、ひるんだ、という方がしっくりくる。胸の内に隠した企《たくら》みを振り返り、大丈夫か私、と自問する。だがもう、後には引けない。

伊吹が骨壺を抱えたまま意気消沈しているのをいいことに、私は無遠慮に家の中を歩きまわった。台所、二間続きの和室、そして一番奥の洋室らしき部屋のドアには、真鍮《しんちゅう》の取っ手が付いていていた。

『そこは、僕が楓さんと使っていた部屋です。見ますか?』

『……いや、大丈夫です』

一応娘として、実母が男と寝起きを共にした部屋を覗き込むのは気が引けた。うっかり生々しいものを見つけてしまったら、反応に困る。

『こっちの小さい和室は、普段は使っていないんですか？』

台所と繋がった八畳間にはテレビや卓袱台、ビニール袋が被《かぶ》さった屑入《くずい》れなどが置かれていたが、隣の六畳間には、羽根の青い扇風機がぽつんと置かれているだけだった。

『そうですね、雨の日に洗濯物を干すくらいで——』

『じゃあ私、今夜はここに泊まってもいいですか』

『え？』

伊吹はぽかんとした顔をしてから、すぐに『ああ、そうか。今からバスで港まで引き返して、フェリーに乗るのは大変ですよね』と頷《うなず》いた。まだ胸に、母の骨壺を抱えていた。

『今夜——というか、できたらしばらく、お世話になりたいんですけど』

『え？』

『えーと、せっかくなので、母をしのびたい、というか』

『……というか？』

『確か、四十九日が過ぎるまで、このへんにいるんですよね。タマシイ的な何かが』

天井を指さす私につられるようにして、伊吹も視線を上に向けた。ところどころに雨漏りの滲《にじ》みがある板張りの天井には、ペンダントライト——とは似て非なる古めかしさの、平笠《ひらがさ》の付いた電球がぶら下がっていた。

『私、母とはずっと疎遠だったんですけど、こういうことになって改めて、亡き母の人となりに触れたい……みたいな』

『みたいな？』

『すみません、白状すると私、行くところがないんです』

何しろ、二十年近く音信不通だった母の訃報を受けたのが、新宿の激安漫画喫茶の薄暗い地下フロアだったのだ。長年勤めていた食品製造工場を解雇され、寮からも追い出され、いわゆるネカフェ難民になっていた。母の夫と名乗る男（確かにそのときから、妙に若い声だな、と思ってはいた）からの電話を切ったあと、駅前のドンキで喪服を買った。新幹線とフェリーの片道チケットも買い、なけなしの家財道具を配送業者に託したあとには、有り金がすっからかんになっていた（ちなみに、離島に荷物を送る際に特別料金なるものを支払わねばならないことも、そのとき初めて知った）。たったひとつ持参した紙袋の中身は手土産などではなく、わずかな着替えとよれよれの下着、タオル数枚に歯ブラシ一本だ。

『ええと、それは、どういう……』

困惑しきった伊吹の呟きに、呼び鈴の音が被さる。『あ、私が出ます』と告げ、小走りに玄関に向かった。冷蔵シールが貼られた段ボールを宅配業者から受け取り、ガムテープを剥がす。ビニールの緩衝材を破り、風呂敷の結び目をほどくと、角形のホーロー容器が現れる。たった二日しか離れていなかったのに、両手を差し入れ膝に抱くと、馴《な》れ親しんだ重みにほっとした。蓋をずらすと、熟成したぬかの甘い香りがした。

『ぬか床です。うち、祖母の代までは漬物屋をしてたんです』

追いかけてきた伊吹が『ああ、あの浅草の……』と、思い出したように呟く。場所まで知っていたのは意外だった。

『梱包《こんぽう》する前に人参《にんじん》を漬けておいたので、良い塩梅《あんばい》になっていると思います。引っ越し蕎麦《そば》の代わりに、いかがですか』

『いや、あの……』

ひんやりとしたホーロー容器を抱え、私は深々と頭を下げた。

『そういうわけで、今日からお世話になります』

『ええ？　あ、こちらこそ、よろしくお願いします』

うろたえながらも頭を下げ返す伊吹を見て、よろしくしちゃっていいのかよ、と呆《あき》れた。私にとっては好都合だが、押し売りとかに弱そうな男だな、とも。

そんないきさつで、私と伊吹の同居は始まった。我ながら、めちゃくちゃだ。でもきっと伊吹は、めちゃくちゃな女に耐性があるのだろう。何しろ、あの母の夫なのだから。

ドラッグストアで買ったばかりのボックスティッシュ五箱セットが、自転車の前カゴで小刻みに揺れる。ペダルを踏むごとに、だらだらと続く緩い坂道に体力を奪われる。目的地の銀行に着くころには、眩暈《めまい》と吐き気のせいで、自転車を押して歩くのがやっとだった。やはり薬を飲んでくるべきだった。

『どっか、具合悪いところでもあるんか？』

こんなときなのに、ハローワークの不躾《ぶしつけ》ジジイの言葉を思い出す。だったらどうした、憐《あわ》れな私に好条件の就職先でも探してくれるのか。忌々《いまいま》しい思いでＡＴＭのタッチパネルを操作する。予想はしていたが、一回目の失業給付金はまだ振り込まれていなかった。失業してから二ヵ月も待たされるなんて、どういうことだ。おかげで病院にも行けやしない。

とりあえず三千円だけ引き落とす。キャッシュカードを財布に押し込みながら、ちらりと視線を横に向ける。受付カウンター前の待合ロビーでひとかたまりになっている老人たちが、じっとこちらを見つめていた。

自動ドアを抜けた瞬間、すぐに「東京からこっちに」「ほれ、あのスナックの――」という、無遠慮な噂話が始まる。最初はいちいち腹が立っていたが、もはや慣れっこだ。

しかしこの調子では、もし私が近場の病院で受診すれば、翌日には診断内容が島の隅々にまで知れ渡ってしまいそうだ。出費がかさむとしても、島の外で探すしかない。前の病院で書いてもらった紹介状があるものの、初診時には特別料金を取られるのだろうか。フェリーの往復代も含めてどのくらいかかるだろう。

暗澹《あんたん》たる思いで自転車を押す。三十一年間、体力だけが取り柄《とりえ》だったのに、二ヵ月前に新宿の病院で診断結果を聞かされて以来、何もかもが引っくり返ってしまった。病は気から、という言葉は本当かもしれない。大した自覚症状があったわけでもないのに、あの日を境に、私の体調は下降の一途をたどるばかりだ。

国道から脇道に入り、海沿いに歩いてゆくと、墨のように真っ黒な板壁の建物が見えてくる。

『スナックかえで』

看板がなければ、きっと何の店かわからない。隣の空き家との間に自転車を押し込み、取っ手を引く。薄暗い店内で、伊吹が床にモップをかけていた。

「お帰り。おつかいなんか頼んでごめんね」

「いいよ、銀行のついでだし」

伊吹がこちらに背を向けている隙に、ポケットからピルケースを取り出す。錠剤を口に押し込み、コップに溜《た》めた水道水で一気に流し込む。『少し副作用がきついかもしれませんが』と医者に説明された大粒の錠剤は、飲み込むたびに喉に引っ掛かり、えずきそうになる。立て続けに水をがぶ飲みする私を見て、伊吹は「外、そんなに暑かった？」と申し訳なさそうな顔をする。

「冷蔵庫にミネラルウォーターも冷えてるけど」

「いいよ、この島の水道水、おいしいし。東京とは大違い」

ボックスティッシュをバックヤードに片付ける。この島に来てひと月半、最近の私は、伊吹の店で簡単な雑用をしている。職探しも続行中だが、希望する事務の仕事が見つからないのだ。

「中卒だって、いまどきパソコンくらい使えるのにさ」

むしろ、求人票の印刷すらおぼつかないハローワークの川添よりも、使いこなせる気がする。

「槇生ちゃん、前はどんな仕事をしてたんだっけ」

「中学を出てからずっと、寮付きの工場で、冷凍シューマイのてっぺんにグリンピースを載っける仕事をしてた」

「そういえば昔のシューマイには、グリンピースが載ってたね。最近見かけないけど」

「リストラだよ。ついでに私も、一緒にお払い箱にされたってわけ」

嘘《うそ》だ。実際は別の製造チームに異動になり、そこで三年間、グラタンの上に小海老《こえび》を載せる作業をした。十六年間無遅刻無欠勤、冷蔵庫のような作業場で黙々と働き、増やした貯金は三百万。だが今は泡と消え、失業給付金が命綱の、無職の居候の身だ。

三十過ぎてこの体たらく、洒落《しゃれ》にならない。そして、同じように洒落にならない男が隣にも。

「伊吹君、何か手伝うことある？」

「じゃあ、棚のグラスを磨いてもらおうかな」

「昨日のうちに全部、指紋ひとつなく磨いたよ」

カウンター奥の作り付けの棚には、大小さまざまなグラスが並んでいる。ガラス細工のオブジェのようにきらめいているが、グラスというものは本来、眺めて楽しむだけのものではない。

「伊吹君、前に私に『店を手伝ってくれたら助かる』って言ってくれたけどさ。はっきり言ってこの店、暇過ぎじゃない？」

「参っちゃうよね」

「参ってる場合じゃないよ。百日後に潰れるスナックだよ、ここ」

伊吹は呑気《のんき》に笑っているが、全く笑えない。母がいた頃は繁盛していたらしいが、今は閑古鳥《かんこどり》さえ素通りしそうな有り様だ。ずらりと並んだウイスキーのキープボトルが、逆に物哀《ものがな》しい。

「でも、変わらず通ってくれるお客さんもいるしさ」

伊吹の言葉を待っていたかのように、ドアベルが揺れる。この店の唯一の常連、烏丸だ。小柄で痩せているわりに、ぎょろりと飛び出した目に迫力がある。高齢ながら、店のすぐそばで理髪店を営んでいるらしい。カウンターの一番奥のスツールに座り、しゃがれた声で「いつもの」とだけ言う。ウイスキーのロックをちびちびと舐《な》め、ぬか漬けの盛り合わせを摘まみ、きっちり三十分で帰るのが定番だ。

「おいマスター、そこのブスに、つまみが足りねぇって言ってくれ」

そこのブス、とは私のことだ。初めて店で顔を合わせた日、烏丸は私を見てひとこと、「ブスだな」とのたまった。伊吹がとりなそうとするよりも早く、私は「うるさいハゲ」と言い返した。目には目を、容姿イジリには容姿イジリを、だ。

それ以来私たちは、犬猿の仲だ。

「伊吹君、そこの高血圧ジジイに、あんたにお代わりさせるぬか漬けは無い、って言ってやって」

「二人とも、聞こえてるでしょ。俺を伝書鳩《でんしょばと》にしないでよ」

伊吹が苦笑する。烏丸は結局、伊吹がサービスで出したミックスナッツを味気なさそうに齧《かじ》り、ウイスキーを飲み干して帰っていった。

「烏丸さんがお代わりを欲しがるのは初めてだったね。よっぽど新玉葱《しんたまねぎ》のぬか漬けが気に入ったのかな」

半割りにして二日ほどぬか床に漬けた新玉葱は、ツンとくる辛味が抜け、代わりに爽やかな甘味が増す。この時期にしか味わえない、春のご馳走《ちそう》だ。

「槇生ちゃんのぬか漬けを店で出すようになってから、烏丸さん、毎晩来るようになったんだよね。楓さんがいたときは、多くても三日にいっぺんくらいだったのに」

「騒がしいのが苦手なんじゃない？」

「そっか、今は静かだもんね」

笑っている場合か。呑気な伊吹に呆れながら、烏丸が使ったグラスや小鉢を片付ける。烏丸はいつも、グラスの下に溜まった水滴を、おしぼりでサッと拭いてから帰ってゆく。口は悪いが、飲み方は綺麗だ。去ったあとはいつも、清潔な薄荷《はっか》の香りがする。

「槇生ちゃんと烏丸さんて、似てるよね」

「は？　どこが？」

伊吹は烏丸のボトルを棚に戻しながら「人見知りで、シャイなところ？」と微笑《ほほえ》む。

「わざとつっけんどんな態度を取って、相手との間合いを保とうとするところなんか、そっくりだよね」
なんとなく意趣返しをされた気がして、しかめっ面でぐいぐいとカウンターを磨く。前から薄々気付いてはいたが、亡き母の年下の夫は、案外食えない男なのかもしれない。

素足にサンダルをつっかけて庭に出ると、生い茂った雑草が、チクチクと脛《すね》を刺す。物干し竿《ざお》に吊《つ》るしたハンガーや枕カバーを取りこみ、空を仰ぐ。太陽がてっぺんにのぼっている。

島で暮らし始めてから、洗濯物は昼のうちに取り込むようになった。夕方まで干しっぱなしにしていると、潮風の湿気を含んで生乾きに戻ってしまうのだ。プラスチックのハンガーは何度買い替えてもすぐに劣化すると聞くし、風が強い日は、吹き上げられた砂でタオルがざらつく。海辺の暮らしは、想像するほど楽ではない。のどかな離島のスローライフに憧れ移住してくるも、現実とのギャップに耐えかね島を去る人間も多いという。

台所では伊吹が昼食の支度をしている。母が生きていた頃も、伊吹が家事全般を引き受けていたらしい。整頓された台所や風呂場、その他さまざまな場所から母の気配が感じられないのは、きっとそのせいだ。母と一緒に暮らしたことはほとんどないけれど、記憶の中の母は、美しい見た目に反し粗野で大雑把な人だった。脱いだら脱ぎっぱなし、開けたら開けっぱなしで、綺麗好きな祖母にしょっちゅう小言を言われていた。

洗濯物を抱えて広縁に上がると、卓袱台に並んだ皿の上には、分厚い玉子サンドが置かれていた。両手で持つと、ずっしりと重い。こんがり焼けたトーストを齧ると、マヨネーズで延ばされた固ゆで玉子の中に、シャキシャキした瑞々しい酸味を感じる。

「もしかして、昨日の新玉葱のぬか漬けの残りと、古漬け胡瓜？」

「ピクルスの代わりに入れてみたんだけど、どうかな」

「こういう使い方もあるんだね。最近ぬか漬けが余りがちだから、助かる」

「そうなんだよね。烏丸さん、どうしちゃったのかな……」

伊吹はカフェオレのマグカップから口を離し、溜息《ためいき》をつく。

「槇生ちゃんの新玉葱のぬか漬け、もっと食べてほしかったなあ。お店もずっと閉めてるし、心配だよね」

唯一の常連客だった烏丸が店に顔を出さなくなって、もう一週間になる。おかげで私たちの食事は、いつにも増してぬか漬け三昧だ。伊吹の顎《そ》は、剃刀負《かみそりま》けでうっすら赤くなっている。今までは三日に一度、烏丸の店に顔剃りに行っていたらしいのだが、今は理髪店も休業しているのだ。

「伊吹君、一昨日《おととい》スーパーで見かけたって言ってたよね。死んでないならいいんじゃない？」

「でも、なんとなく元気がなくてさ。人目を気にするように歩いていたから、声を掛けられなかったんだよね」

「昨日もベランダに布団と洗濯物が干してあったし、大丈夫だよ。あのひと、ひとり暮らしでしょ」

「……槇生ちゃん、見に行ったの？」

うっかり口を滑らせた。無言でサンドイッチを頬張る私を見て、伊吹はしたり顔で、「自分の料理をおいしそうに食べてくれる人って、やっぱり特別だもんね」などと言った。

昼食のあと、食器を洗う私の後ろで、伊吹はコーヒーメーカーの掃除をする。ミルが搭載されていて、スイッチを入れるととんでもない音をたてて稼働する代物だ。インスタントコーヒーの方が楽では、と思うが、豆から挽《ひ》くと香りが違うらしい。

伊吹は細かい部品を外しながら、「ところでさ……」と、言いにくそうに切り出す。

「槇生ちゃん、最近、ぬか漬けの作り方を変えた？」

「なんで？」

「おいしいんだけど、微妙に味が違う気がする」

バレたか。さすが違いの分かる男。

「変えたというか、減らしてみたというか……」

確かに今朝のぬか床は、いつもと違う香りがした。ふくよかな甘さの中に、ほんのかすかに、ヨーグルトのような酸味のある香りが混ざっていた。香りの変化は、ぬか床が調子を崩す前兆のようなものだ。やはり実験は失敗かもしれない。

泡だらけのスポンジを握ったまま考え込む私を見て、伊吹は慌てたように「いや、ちゃんとおいしいよ？　ちょっと塩気が足りないというか、酸味が尖《とが》ってる気がするだけで……」と追い打ちなのかフォローなのか、よくわからないことを言った。


古びたシャッターには、くすんだペンキの文字で『烏丸理髪店　定休月曜』と書かれている。今日は土曜だが、店の横にある赤白青のサインポールは止まったままだ。

私はかれこれ十分ほど、店の周りをうろついている。わざわざ早く起きて、伊吹が寝ている間に様子を見にきたのはいいものの、今日はベランダに洗濯物が干されていない。あのジジイ、まさか死んでるんじゃなかろうな、と不安になる。

いったんは店の前から離れ、だがやはり自宅のインターホンを鳴らしてみようかと、まわれ右をする。その瞬間、真後ろに立っていた老婆と正面衝突しそうになり、「わっ」と声を上げて仰《の》け反《ぞ》った。

「あなた、烏丸さんのお知り合い？」

「いや、それほどの者でもないですが……」

「ここのところ、何回訪ねても留守なのよ。町内会費の集金ができなくて困ってるの」

すぐ向かいの『ささもと文具』の店主だという彼女は、よく見ると、片手に齧りかけのトーストを持っている。部屋着のまま、朝食の最中に様子を見にきたらしい。ガラス張りの文具店の中から、通りをうろつく私の様子が丸見えだったようだ。

「やっぱり烏丸さん、あの事件でがっくりきちゃったのかしらね」

「あの事件？」

ささもとさんは「知らないの？」と目をみはった。ことの発端は先々週。その日の夕方、烏丸理髪店をひとりの少年が訪れた。島の小学校に通う四年生で、数年前に両親と共に東京から移住してきたらしい。父親が地元の人間で、実家の製麺工場を継ぐために妻と子を連れて戻ってきたのだ。「ほら、あのドコソコ製麺の御曹司《おんぞうし》よ。安田《やすだ》の方に、こーんな大きい素麺《そうめん》御殿が建ってるじゃない」などと言われたが、まだ土地勘のない私としては「はぁ」と気の抜けた返事をするより他ない。

「それでね、島に連れて帰ってきたお嫁さんというのが、お人形さんみたいに綺麗な人でね。結婚前は、何やらいうバレエ団のトップだったらしいの。ボールの方じゃなく、踊る方のね」

　ささもとさんは、罠《わな》にかかった雌鶏《めんどり》のようにバサバサと腕を振った。一体私は何を見せられているのだ、と思ったが、とりあえず「なるほど」と相槌《あいづち》を打つ。

「息子のボクちゃんも、よちよち歩きの頃から有名なバレエ教室に通っていたんですって。だから移住の話が出たときは、お嫁さん、ずいぶん抵抗したらしいのよ。結局は週に二日、岡山のバレエの先生の教室でお稽古をするという条件で、渋々了承したみたいだけど」

「ずいぶん詳しいですね」

「うちの孫がボクちゃんと同級生なの。お嫁さん、綺麗な人だけど評判は悪いのよ。学校の保護者会も不参加で、田舎の色に染まってたまるか、とでも言いたげに、ツンツンしてるらしくて」

「へぇ」

『らしい』と『みたい』で組み立てられた情報に、いけないとは思いつつ、相槌にやる気がなくなってしまう。ささもとさんは自分でも脱線していることに気付いたのか、小さく咳払《せきばら》いをした。

「ともかくそのボクちゃんがね、烏丸さんに無理矢理頭を丸刈りにされちゃったらしくて」

「ええっ」

それはもはや虐待ではなかろうか。私の反応に気を良くした彼女は、「男のくせにチャラチャラしてんじゃねぇっ、って首根っこを摑《つか》まえて、力ずくでバリカンを押し当てたらしいのよっ」と歯型のついたトーストをバリカンに見立てて振り回す。

「あとから両親が店に乗り込んできて、お父さんはカンカンだし、お母さんは『こんな髪じゃ、舞台に立たせられないわ』と泣き崩れるし、大変だったの！　本土にいる烏丸さんの娘さんが間に入って、とりあえずお店を閉めることで落ち着いたみたいだけど、ほんとにもう」

だいぶ脚色されている気がしたが、あらかたの事情は察した。私と伊吹の知らないところで、大事件が起きていたのだ。

「ねぇ、ところであなた、最近越してきた子よね」

ささもとさんの顔つきが変わる。落ち窪《くぼ》んだ瞳が、新しい獲物を見つけたように、ぎらついていた。

「『スナックかえで』の新しいママになったって聞いたけど、ほんと？」

「いや、ママじゃないです。弟の店を手伝っているだけの、使いっ走りです」

「弟さんの？　それなら、あのハンサムなマスターと、亡くなったママは親子ということ？　そんなふうにはとても見えなかったけど」

　面倒なことになった。じりじりと距離を詰められ後じさっていると、突然ささもとさんが「アラッ」と声を上げた。通りの向こうから、烏丸がコンビニの袋を提げて歩いてくる。皺《しわ》くちゃのしかめっつらを見ると、自分の噂話が聞こえていたらしい。

「じゃ、私はこれで。マスターによろしくね。気を落とさないでって、伝えておいて」

　ささもとさんはそそくさと店に引っ込んだが、すぐに「烏丸さん、集金集金」と駆け戻ってくる。驚嘆すべき図太さである。

　嵐が去ったあと、烏丸は苦々し気に「やかましいババアだな」と吐き捨てた。

「噂話のほかにすることがねぇのか、暇人が」

「ババアって、あなたの方がジジイじゃん」

　ささもとさんよりも烏丸の方が、明らかに年が上だ。

「ブスとかババアとか、いい加減にやめなよ。私は、老い先短い老人の戯言《たわごと》だと思って、大目に見てあげてるけど」

　烏丸は突き出た目をぎょろりと動かし、私を睨《にら》んだ。だが、すぐに表情に戸惑いが滲む。

「お前、ちょっと顔色が悪いんじゃねぇのか」

「お前って言うな」

日向《ひなた》に立ちっぱなしでささもと劇場に付き合っていたせいか、眩暈がひどかった。スリッポンを履いた足で地面を踏みしめ踏ん張っているが、平衡感覚も危うい。

「どっか体の具合が悪いのか」

「女三十にもなれば、いろいろ調子が悪いときもあるんだよ」

つっけんどんに返すと、烏丸も「誰が女だって?」と憎たらしい口調に戻る。

「か弱い女が道端で干上がりそうになってるんだから、茶くらいご馳走してよね」

「馬鹿野郎、独りもんの男の部屋に、ホイホイ上がり込むんじゃねぇや」

「えっ、男ってまさか、自分のこと?」

烏丸は舌打ちをし、ついてこい、というように顎をしゃくった。店の裏口の鍵を開け、土足のまま階段を上る。ドアを開けると玄関があった。二階全体が自宅スペースになっているらしい。八畳ほどの和室に通され、座卓の前に座る。改めて烏丸を見ると、ほんの少し見ないあいだに一気に老け込んでいた。だが、やかんを火に掛けたり、急須や湯飲みを用意する動作は、相変わらずシャキシャキしていて無駄がない。部屋の中もすっきりと片付けられている。

「ねぇ、男の子を丸坊主にしたって話、本当?」

烏丸は湯飲みに緑茶を注ぎながら、力なく笑った。

「俺が、ボウズの首根っこを摑んで無理矢理バリカンで刈り上げたってか?」

「そんなのは信じてないけど、店がずっと閉まってるから、うちのマスターが心配してる。最近は自分で髭《ひげ》を剃ってるから、剃刀負けして肌がかぶれてるんだよね」

「色男が台無しだな。どうせ、石鹸《せっけん》か何かで適当に剃ってるんだろ。ちゃんと専用のクリームを使えって言っとけ」

烏丸は値引きシールが貼られた海苔《のり》弁の包装フィルムを剝がし、玉子焼きを割り箸で摘まむ。「俺ぁ、もうだめだ。おっかなくって、客の前で剃刀なんか握れねぇ」などと、気弱なことを言う。

「十八のときから七十年間、腕一本で食ってきたのによ、もう自分の腕が信じられねぇ。腕だけじゃなく、頭もな」

ささもとさんが話したように、例の少年は、その日、ひとりで店にやって来た。頭を刈り終わったあとは、満足げに鏡を見つめていた。ただ、料金を支払うときにわずかに手が震えていたのが、烏丸としては気になったのだという。血相を変えた両親が店に飛び込んできたのは、その数時間後だ。

「俺が注文を取り違えたのよ。気付かねぇあいだに、モウロクしちまってたんだなあ」

なんでも少年は、近々東京で行われるバレエのコンクールで、王子の役を踊ることが決まっていたらしい。両親の話では、彼が自ら丸刈りを注文することはあり得ない、とのことだった。

「お父さんとお母さんが店に来ただけで、その子は一緒にこなかったの？」

「ショックで部屋に閉じこもっちまったってよ。可哀想《かわいそう》に」

烏丸は、海苔弁をもそもそと口に運ぶ。背中が丸まっているせいか、瘦せた体がひとまわりほども小さく見える。

「でも、その子、髪を切ったあとは普通にお金を払って帰っていったんでしょう？そんなつもりもないのに丸刈りにされたら、もっと泣いたりするものじゃない？」

「それはやった側の言い訳だろ。泣いて暴れなかったから嫌じゃなかったんだろ、なんていうのはな、満員電車の痴漢野郎の言い分と一緒じゃねぇか」

「そうだけど……」

腑《ふ》に落ちなさは拭えないものの、無責任なことは言えない。私が十四歳のときに心筋梗塞で亡くなった祖母も、普段はしっかりしているのに、ときどき驚くような突飛な行動を取ったり、すっぽりと記憶が抜け落ちることがあった。少年の家族と烏丸、双方での話し合いが済んでいるのであれば、部外者が口を出すことではないのかもしれない。

「お店を閉めて、これからどうするの？」

「今までの貯《たくわ》えで細々《ほそぼそ》やってくさ。お前の店に顔出す回数は、減るだろうけどよ」

「それは困る」

「客が俺しかいねぇもんな」

「そういうことじゃなく……」

こんなとき、素直な言葉が出せない自分が恨めしい。沈黙のなか、烏丸が弁当を咀嚼する音だけが聞こえる。最後に残った黄色いたくわんを口に入れ、烏丸は思い切り眉をひそめた。

「食えたもんじゃねぇな」

「そう?」

「お前のぬか漬けの味に、慣れちまったからよ」

目を丸くする私から、烏丸は照れ臭そうに顔を背ける。

「お前は、愛想も口も悪けりゃ器量が良いわけでもねぇ。だが、ぬか漬けだけは絶品だ。島の人間と上手《うま》く付き合えるようになりゃあ、客入りも少しはマシになるだろうさ」

「器量が良くない、は余計だよ」

むず痒《がゆ》さに耐えかねて、私はわざと乱暴に畳に足を投げ出した。

「上手く付き合う、っていったって、向こうがあからさまに余所者扱いしてくるじゃん。その辺をうろうろしてる観光客には、みんなここぞとばかりに親切にするくせにさ。移住してきた人間には冷たいって、どういうことなのよ」

「馬鹿野郎、ふらっと家に入ってきた客をもてなすのと、これからずっと一緒に暮らしてく家族を受け入れるのじゃあ、話が違ってくるだろうが。こっちの目も厳しくなるし、あれこれ詮索したり警戒したくもなるってもんよ」

「一理あるけど、移住しただけで家族とか、重すぎない？」

「そういうところじゃねぇのか、お前はよ」

ひとしきり軽口を叩き合ってから、私は重い腰を上げた。そろそろ伊吹が目を覚ます時間だ。玄関でスリッポンを履いていると、電話が鳴り、烏丸は部屋に戻った。すぐに「おう」や「かわりゃしねぇよ」などといった、ぶっきらぼうな声が聞こえてくる。そのまま様子を窺《うかが》っていると突然、「いちいちうるせえなぁ、俺は島を出る気はねえっ、何遍も言わせんな！」という怒声のあとに、乱暴に受話器を置く音がした。

鼻息も荒く戻って来た烏丸は、「死んだ女房そっくりの口のきき方しやがって、けったくそ悪《わ》りぃ」と吐き捨てる。

「娘さん？　一緒に暮らそうって？」

「八十過ぎて今更、他の場所で暮らせるかってんだ。俺みたいなジジイがくっついてたら、あいつがますます嫁《い》き遅れになっちまう」

烏丸の娘は岡山で、建築関係の仕事をしているらしい。「五十過ぎて独り身で、未だにふらふらしてやがる」などと言う。

「独身だとふらふらしてるとか、いつの時代の価値観よ。あなたみたいな塩辛ジジイと一緒に暮らそうなんて、親孝行じゃない」

「そういうのは親孝行って言わねえんだよっ。だいいち、顔を合わせりゃ喧嘩《けんか》ばっかりで、一緒に暮らせるわけがねえだろうが！」

「喧嘩になるだけマシだって。本当に気持ちがなくなったら、喧嘩もしないよ。相手のことなんか、どうでもよくなる」

烏丸が、ぎょろりとした上目遣いで私を見る。

「楓ママのことを言ってんのか？　そういや前に、ずっと会ってない娘がいる、会いたくても合わす顔がない、って話してたっけな」

「娘よりも若い男とよろしくやってて、そんなことを言われてもね」

言ってしまってから、しまったと思う。母と伊吹と私は、親子という設定なのだ。慌てる私をよそに、烏丸は皮肉に口許《くちもと》を歪《ゆが》めた。

「知ってるよ。楓ママとマスター、いい仲だったんだろ。よっぽどのボンクラじゃなきゃ気付くだろ。島の男どもはみんな、騙《だま》されたふりをしてんだよ」

「ふーん、みんな、よっぽどぞっこんだったんだね」

熱愛報道のアイドルが『お友達です』とか言うみたいなもんか。どいつもこいつも、上っ面だけの綺麗さに騙されている馬鹿ばかりだ。鼻白《はなじろ》む私に、烏丸が探るような目を向ける。

「そっちは、なんだって母親の男となんか暮らしてるんだい」

「私があの人の娘だっていうのは、信じるんだ」

「顔はちっとも似てねぇが、頭のかたちはおんなじだからな」

そりゃまた、職人ならではのマニアックな視点だ。「私にも、よんどころのない事情があるんだよ」とはぐらかすと、烏丸はそれ以上は追及しなかった。

店の裏口から出ると小雨が降っていて、烏丸は傘を持っていけ、と言う。私が普段使うビニール傘よりもずっと重い、持ち手部分が革張りの、上等そうな傘だ。

「天気予報ぐらいチェックしとけ。今日はにわか雨だって言ってただろ」

「返すのが面倒くさいから、店に取りにきてよ」

烏丸はわずかに眉を動かしただけで、何も言わなかった。

やたらと骨の多いずっしりとした傘を肩に掛け、霧雨のベールの向こうでけぶる、初夏の海を眺めながら歩いた。

喧嘩になるだけマシ。吐き捨てるように言った自分の言葉が、いつまでも耳に残って、消えなかった。

　買い出しに行ったはずの伊吹が、ランドセルを背負った少年を連れて戻ってきたのは、それから三日後のことだ。

「伊吹君、ここスナックだよ」

「でもまだ開店前だし」

　そういう問題だろうか。呆気《あっけ》に取られる私に、伊吹は「烏丸さんの店の前で佇んでたんだよね」と耳打ちする。小学校の中学年くらいだろうか。大きなキャップを被り、不安そうに俯いている。顔は見えないが、小柄ながらに腰の位置が高く、ジーンズを穿《は》いた脚が、驚くほど長い。

「玲音《れおん》君、そこに座って。炭酸は飲める？」

「飲めるけど、お金は持ってません」

「いいよ、奢《おご》りだよ」

　このご時世に、いろいろ大丈夫なのだろうか。伊吹の脇腹を肘でつっつき、「ちょっと、どういうこと？」と問おうとしたが、「ちょ」を言いかけたところで、続きが喉に引っ掛かる。

　玲音少年が、被っていたキャップをぽこんと外したのだ。

　まるで少女漫画の中から抜け出してきたような美少年だった。大きな瞳にスッと通った鼻筋、上品な口許。毛穴ひとつつない肌は、まじまじと顔を近付けて観察したくなるほど、三次元感が薄い。だが何よりも私を驚かせたのは、彼の薄茶色の髪が、芸術的なまでに美しい丸刈りにされていたことだ。

「そっか、じゃあ、君が……」

玲音少年は、小さく頷いた。

「床屋のおじさんは、何も悪くないんです。全部、僕のせいです」

伊吹はすでに、道すがら彼の話を聞いているようだった。驚いた様子もなく、棚からグラスを取り出している。

玲音はカウンターの木目を見つめたまま、事の経緯《いきさつ》を語った。

あの日、玲音が理髪店に行ったのは偶然だった。いつもは母と美容院に行っていたのだが、周りの友人がみんな理髪店で髪を切っていると聞き、母にねだって初めてひとりで出掛けたのだ。丸刈りにしたいと注文したのは、他でもない玲音なのだという。

「だけど家に帰ってみたら、お母さんが、びっくりするくらい泣いて……怖くなって、床屋のおじさんが間違えたせいにしちゃったんです。こんな大変なことになるなんて、思わなかった……」

玲音は、ぐっと唇を噛む。泣き出しそうな玲音を前にすると、責める気にはなれなかった。

玲音は勇気を出して烏丸の店を訪ねたものの、留守だったようだ。途方に暮れていたところを、買い出し中の伊吹に見つかったらしい。
「でも、なんでわざわざ丸刈りに？」
「かっこいいから」
むしろ最近の子供は、ダサいといって嫌厭《けんえん》しそうなものなのに。首を傾《かし》げる私に、
玲音は恥ずかしそうに「智辯《ちべん》学園の山下君とか、専大松戸の吉岡君とかみたいに、か
っこよくなりたくて……」と呟く。
「えーと、アイドルグループか何か？」
「槇生ちゃん、甲子園だよ。高校球児だよ」
伊吹が呆れたように言う。悪かったね、スポーツに興味がなくて。
伊吹はグラスに、薄切りにしたライムとミントの葉を入れた。そこに砂糖をくわえ、
丁寧にスプーンで潰す。柑橘《かんきつ》と薄荷が混ざり合い、青々とした爽やかな香りが立つ。
「ラム抜きのモヒート。お酒じゃないから、安心して」
氷と炭酸水を注ぎ、玲音の前に置く。玲音は、そっとストローに口を付けた。うま、
という、年相応の呟きが微笑ましい。
「玲音君は野球が好きなんだね。もしかして丸刈りにしたのは、野球選手に憧れてい
るだけじゃなくて、自分でもやってみたいからなのかな」
伊吹の問いかけに、玲音はおずおずと頷く。

「小学校に野球部があって、クラスの友達もそこに入ってるから……」

「野球をやりたいって、お母さんに話してみた？」

「……でも、野球部に入るなら、バレエをやめなきゃいけない」

「お母さんに怒られそうで、怖い？」

「そうじゃない。そうじゃないんだけど――僕がバレエをやめたら、ママがかわいそうだから。ママだけが、仲間外れになるっていうか……」

自分の中の答えを探しあぐねるように、玲音は視線をさまよわせた。

「お祖母《ばあ》ちゃんは僕に、バレエをやめて島の子と仲良くしなさい、って言うんです。多分パパも、同じ気持ちだと思う。でもママはいつも、『玲音がやりたいことを取り上げるんですか』って、お祖母ちゃんと喧嘩になって、だから――」

私は、伊吹が使ったナイフやスプーンを洗いながら、文具店のささもとさんの噂話を思い出していた。

玲音の母親は、島への引っ越しに反対だった。結局は承諾したものの、もともと島の人間である夫や姑《しゅうとめ》との間に、深い溝を感じているとしても不思議ではない。島の暮らしに馴染むきっかけを失い、新しい友人もできない。そんな中で週に二度、島の外に出て息子のバレエレッスンに付き添うことが、彼女にとって心のよりどころになっているのだろう。そしてそのことに、玲音は誰よりも敏感に気付いている。

「あのさ」

水道のレバーを戻し、二人の会話に割り込む。伊吹と玲音が驚いたように私を見た。

「君はお母さんを守るために、我慢してバレエを続けてるんだよね。でもそれは君の役目じゃないよ。ママが島でひとりぼっちになっても、それはママが、自分で解決しなきゃいけない問題だよ。もしくはパパとか、他の大人がね」

子供は素直でまっすぐだなんて、嘘っぱちだ。こんなに小さな子供でも、親を愛するあまり、自分の意志を曲げようとする。

「君は、ひとりでずっと悩んでたんだよね。誰にも言わずに、いきなり丸刈りにしちゃうくらい、追い詰められてたんだよね」

玲音の長い睫毛《まつげ》が、びくっと震えた。涙をこぼすまいとするように、懸命にまばたきをこらえているのがわかる。

私はカウンターから身を乗り出し、玲音が脱いだ野球帽を手に取った。フロントの部分に刺繍《ししゅう》されたマークは、スポーツに疎い私ですら知っている、プロ野球チームのものだ。綺麗に刈られた玲音の頭に、そっと帽子を被せ直す。

「君は、もっとちゃんと我儘《わがまま》にならなきゃ駄目だよ」

玲音は帽子のつばを掴み、顔を隠すように引き下ろした。開店前の静まり返った店に、玲音の嗚咽《おえつ》と、しゃくり上げるような声だけが聞こえていた。涙が止まるまで、玲音は帽子から手を放さずにいた。

「ねぇ、ぬか漬けって、食べたことある？　ちょっと試食してみない？」

ティッシュで鼻をかむ音を聞きながら、私は冷蔵庫を開けた。家から持ってきたタッパー容器を取り出す。薄切りにした胡瓜のぬか漬けに楊枝《ようじ》を刺し、伊吹と玲音にひとつずつ差し出す。先に反応したのは伊吹だった。

「味が戻ってる！　昨日までと、全然違うね」

「塩を足したの。ぬか床を使い続けると、野菜に塩分が吸われて、いつのまにか塩気が抜けちゃうんだ。だからときどき足し塩をして、そのぶんいつもより丁寧に掻《か》き混ぜて、馴染ませるの。塩を足さずに置いておくと、味が落ちるだけじゃなく雑菌が繁殖して、野菜を漬けられなくなるんだ。だから少し塩辛くなるかな？　と思っても、入れるときは思い切って、ドサッと入れる」

私もひと切れ口に入れる。適度な塩気と、角の取れた丸い酸味。やはり、この味だ。

「君が勇気を出して髪を切ったのも、同じだよね。思い切って今の状況を変えようとしたんだよね。だったら途中で折れちゃ駄目だよ。ちゃんと最後まで掻き混ぜて、馴染ませなきゃ。ママが泣いても、喧嘩になっても、話し合わなきゃ。烏丸のおじさんに謝りに行くのは、できればママと一緒の方がいい」

玲音は漬物を味わいながら、私の話にじっと耳を傾けていた。ラム酒抜きのモヒートを飲み干す頃には落ち着きを取り戻し、棚に並んだキープボトルを見て「大人の店なのに、学校のロッカーみたいや」と屈託のない笑顔を見せた。ウイスキーやブランデーのボトルに、手書きのネームプレートが下がっているのが珍しかったようだ。

玲音の滑らかな標準語には、ときどき島の言葉が混ざる。やはり子供は順応力が高いのだ。玲音の父はもともと島育ちだというし、玲音の母親は、どんどん変わってゆく夫と息子に寂しさを感じているのかもしれない。彼女も私と同じように、余所者としての暮らしづらさを味わっているのだろうか。

「それにしても、烏丸のおっさんはさすがだね。すごく綺麗な丸坊主だもんね」

「学校でもよく、触らせてくれって言われます」

「え、そうなんだ。じゃあ私も、差し支えなかったら――」

「槇生ちゃん、差し支えるよ」

玲音の頭に手を伸ばしかけ、伊吹にたしなめられた。

店の外に出て、伊吹と二人、玲音を見送る。駆け出す背中の上で、留め金の外れたランドセルの蓋が、カタカタと揺れていた。

「槇生ちゃん、すごいね。大岡裁きだね」

「何も解決してないけどね。この前、烏丸が電話で娘さんと喧嘩をしてるのを聞いちゃってさ。親子って、そういうふうにしていかなきゃ駄目になるのかなって、思っただけ」

「玲音君の気持ち、お母さんにまっすぐ届くといいね」

「そうだね。私みたいに、捻《ね》じ曲がっちゃう前にね」

伊吹は困ったように私を見つめていたが、結局、何も言わなかった。

店に戻り、玲音が空にしたグラスを洗う。クロスで水気を拭き、丁寧に磨き上げながら、ふっと昔の記憶が甦《よみがえ》る。

母は実家の祖母に私を預けきりで、気まぐれに帰ってきては、すぐにまたどこかへ去っていった。幼い私は、黙って見送ることしかできなかった。もしもあのとき母のスカートを握りしめ、行かないでと泣いていれば、何かが変わっていただろうか——。

だがそんなことは、今更考えてもどうにもならない。全部終わったことだ。甦った思い出ごと手放すように、私はクロスを畳んで引き出しに戻した。柔らかなクロスは、ひらひらと揺れる母のスカートの手触りに、どこか似ていた。

伊吹はまだ、皿に残った胡瓜のぬか漬けを摘まんでいる。

「やっぱり槙生ちゃんのぬか漬けは、この味だよね。だけど、どうして塩を減らしてみようと思ったの？　もしかして、烏丸さんが高血圧だから——」

「伊吹君、うるさい。ドアのプレート、さっさと『オープン』に変えてきて」

伊吹は笑いながら外に出て行った。まあ、どっちみち、今日も客なんか来ないだろうけど。

それから二週間後、私の口座には、めでたく一回目の失業給付金が振り込まれた。

しかし一利あれば一害ありで、私はハローワークから呼び出しをくらった。いつものブースで、担当職員の川添に説教を受ける。

「あんなあ、家の手伝いの場合も、ちゃんと申告せないかんの。はじめに説明したやんか」

「でも給料は貰《もら》ってませんけど」

「スナックの手伝いの日は、就職活動をしとらん扱いになるんや。失業給付金は、一生懸命就職活動をしとんのに、なかなか仕事が決まらん人のために給付されるもんやから」

そんな殺生《せっしょう》な。食い扶持《ぶち》も稼がずに、どうやって求職活動をしろというのだ。

「ま、一日四時間未満なら、おおむね問題ないやろけど」

なんだよ、いいのかよ。

その日もひとしきりデスクワークの仕事を探し、何件か川添に取り次いでもらったが、結果は思わしくなかった。

「やっぱり事務の仕事は厳しいんやないか?」

「まあ、めげずに探します」

帰り支度をする私を見て、川添は、おや、と眉を動かす。

「なんや、晴れ晴れした顔をしとんな」

「そうですか?」

「わしもそのうちお店を覗きに行くわ。マスターにもよろしゅうな」

ハローワークからバスに乗り、車窓から吹き込む潮風に目を細める。ユニフォーム姿の子供たちが、堤防を歩いているのが見えた。その中の一人が、私に向かって大きく手を振っている。野球帽は被っておらず、遠目にも、丸刈りのシルエットが美しい。私も窓から身を乗り出し、大きく手を振り返した。

いつものバス停で下車し、伊吹が待つ店に戻る。よく晴れた青空の下、赤白青のリボンを巻き付けたような烏丸理髪店のサインポールが、くるくると回っていた。

第二話　水抜き

　雨粒が屋根を叩く音で目が覚めた。布団に寝そべったまま、天井を見上げる。襖の向こうからは、伊吹が台所で朝食の支度をする音が聞こえる。私も洗濯機をまわさなきゃな、と思うものの、体が重い。梅雨に入ってから、ずっとこの調子だ。汗ばんだタオルケットが脚に絡みついているのも鬱陶しい。うー、とか、あー、とか呻《うめ》きつつ、身をよじったり足をばたつかせたりしていると、枕元のスマートフォンが鳴った。大叔母からの着信だ。

『まさかアナタ、いま起きたんじゃないでしょうね』

　正確にはまだ起きてもいない。

　大叔母は、アタシなんか散歩もご飯も掃除も洗濯も済ませて家の前まで掃いたわよっ、と声を張る。元気そうで何よりだ。

『そっちはどんな様子なの？』

どんな、と聞かれても。

島に越して二ヵ月半。余所者として扱われることや、好奇の目を向けられることさえ除けば、離島での生活は思いのほか快適だ。空気も水も景色も綺麗で、何より伊吹が作るご飯がうまい。……などとのたまえば大叔母の逆鱗《げきりん》に触れることがわかっているので、「ハァ、まぁ、なんとかやってます」と言うにとどめた。臍《へそ》の横が痒くてTシャツをめくると、ぷつんと赤くなっている。蚊に嚙まれたらしい。

大叔母は、私の祖母の妹だ。中学の途中で祖母が亡くなり、実質身寄りがなくなった私を引き取ったのが彼女だ。祖母の漬物屋と土地を売り払い、赤字続きの経営で膨らんだ借金を返済するなど、諸々《もろもろ》の手続きもしてくれた。周囲からは『姉の孫の面倒を見る名目で、いいように遺産をちょろまかしたごうつくババア』などと噂されていたが、さして愛着も可愛《かわい》げもない姉の孫の面倒を見るのだから、そのくらいの旨味《うまみ》はあって然《しか》るべきだ。

独り身の大叔母と暮らしたのは一年余りで、中学を卒業すると同時に『もう一人前ね』とあっさり放流されたが、親切ぶるだけで何もしてくれない大人たちよりは、ずっとマシだった。

『アナタ、一体どういうつもり？　楓ちゃんの夫とはいっても、年も若すぎるし、胡散臭いじゃない。保険金目当ての後妻業なんじゃないの？』

「引っ掛ける側が男の場合、後妻はおかしいんじゃないでしょうか」

『そんなことはどうだってよろしい！』

ぴしゃりと一喝すると、大叔母はおもむろに咳払いをし、声をひそめた。

『それで……どうなの？　楓ちゃんが遺《のこ》したお金は、実際どのくらいなの？　当然娘のアナタにも権利があるんだから、貰うものだけ貰って、さっさと帰ってらっしゃいよ』

「でも資産はこの家くらいで、売りに出しても買い手がつきそうもないですし」

そもそも帰る場所がない。工場の寮を追い出された私が、最初に頼った相手が大叔母だった。『冗談じゃないわよ、いい大人が！』と、にべもなく追い返されたけど。

「保険も高額なものには入れなかったので、医療費で全部飛んだって聞いてます」

『そんなの嘘か本当かわかりゃしないわ。とにかく搾れるだけ搾り取りなさい！　それに、アナタは普通の体じゃないんだから。そんな小さな島じゃあ、何かあったときに対応できないじゃない。今後のこともきちんと考えておかないと』

「はぁ、まぁ……」

布団から這《は》い出し、広縁に面した障子を開ける。窓の向こうは、降り続ける雨で白くけぶっている。この家全体が、柔らかな雨のベールで包まれているかのようだ。

『手術の日取りは決まったの？　せっかく早く見つかったんだから、ぐずぐずしてないで、さっさと済ませないと』

大叔母は相変わらずのサバサバした口調で言い切ると、『楓ちゃんに続いて、アナタまでこんなことになるなんて……』と溜息をつく。

『因果よねぇ。一度お祓《はら》いに行った方がいいかもしれない』

「あの」

『なぁに？　お金が足りないなら、少しは融通してあげてもいいわよ。ちゃんと返してもらうけど』

「手術をするつもりはありませんから」

『アナタ、まだそんなこと言ってるの！』

悲鳴のような声が耳をつんざく。そのままスマホの電源を落とし、布団に放り投げた。

寝間着代わりのTシャツと短パンから、袖なしのワンピースに着替える。量販店で買った安物だが、飾り気のない、すとんとしたデザインが気に入っている。

衣装ケースの奥に隠したポーチを胸に抱え、台所にいる伊吹に気付かれないように、足を忍ばせ洗面所に向かう。ポーチの中からピルケースを取り出し、大粒の錠剤を口に入れる。洗面台のコップで水を汲《く》み、一気に飲み干した。

鏡に映る私は、ひどい顔色だ。手早く洗顔を済ませ、チューブの化粧下地のキャップをひねる。ドラッグストアで買った安物だが、ピンク色のクリームが、ゾンビのような顔色をごまかしてくれる。

「槇生ちゃん、ご飯できたよー」

「今行くー」

伊吹の呼びかけに応えながら、私は手のひらに押し出したクリームを、急いで顔全体に馴染ませた。

　搾れるだけ搾り取りなさい、などと大叔母は言っていたが、すでに搾りカスみたいなものなのだ。スナックの客入りの悪さは相変わらずだ。棚に並んだキープボトルの埃《ほこり》を払いながら、伊吹の様子を窺う。せっせと床にモップをかけているが、客もこないのにピカピカにしたって虚しいだけではないか。

「伊吹君、やっぱり食事メニューを増やそうよ。思い切って、ランチを始めるのもいいと思う」

　看板ママだった母亡き今、色気の代わりに食い気に訴える作戦だ。伊吹の料理なら、きっと十分客が付く。今日の昼食のトウモロコシの焼きおにぎりだって、絶品だった。土鍋で芯ごと炊き込んだトウモロコシご飯の滋味深い甘さと、バター醤油の香ばしさ。

ぬか漬けとの相性も抜群で、飲んだあとのシメにもちょうどよい。

「うーん、でも俺は、お客さんにお金を払ってもらうようなものは作れないよ」

今日もやんわりとかわされる。最近は隙あらばこの話題を持ち出しているが、良い返事が返ってきたことは一度もない。スナックたるもの、酒と簡単なつまみ以外は提供するべからず、という矜持《きょうじ》でもあるのだろうか。

「でもさ、せっかく厨房《ちゅうぼう》の設備がしっかりしてるのに、勿体《もったい》なくない？」

そもそも妙な店なのだ。メニューには、乾き物やチョコレート、フルーツ盛り合わせと冷凍ピザくらいしかないのに、調理器具は本格的なものが揃っている。冷蔵庫も大きいし、オーブンもある。

「伊吹君、ここって居抜きで買い取ったんだよね。もとはレストランか何か？」

「買い取ったというか、譲ってもらったというか……昔は、ビストロみたいな感じだね」

「ビストロって何だっけ、フレンチ？　イタリアン？」

伊吹は壁際でモップをくるりと回し、唐突に「槙生ちゃん、おつかいに行ってきてくれない？」などと言う。

「ミックスナッツが切れてるんだよね。お釣りで、好きなお菓子を買っていいからさ」

私は小学生か。小銭入れを握らされ、傘を広げて渋々店を出る。

伊吹は、自分のことを話したがらない。母との馴れ初めなどについては、訊《き》いてもいないのによく話すが、母と出会う前は何をしていたのか、なぜこの島にくることになったのかについては、途端に口が重くなる。まあ、探られると痛い肚《はら》があるのは私も同じだけど。

いつものドラッグストアにはミックスナッツが置いておらず、少し足を延ばして、島のショッピングセンターまで歩いた。新聞の折り込みチラシで店の名前は見たことはあるが、中に入るのは初めてだった。

入り口から一番近い場所に魚市場、その奥には生鮮食品のマーケットやパン屋、書店や薬局など、様々なテナントが入っている。午後五時という時間柄、どの店も賑《にぎ》わっていた。衣料品店前のワゴンの『女性用ショーツ五枚で千円』というポップに気を取られていると、軽やかなベルの音が響く。

「肉じゃがコロッケ、ただいま揚げたてでーす！」

振り返ると、『熊谷惣菜店《くまがいそうざい》』の看板が掲げられた店の前に、長い列ができていた。黄金色の揚げ油の香りに誘われ、自然と足が引き寄せられる。大きなショーケースにはいくつものトレイが並び、小判形や俵形のコロッケが整列している。

揚げたての肉じゃがコロッケも、ジャーマンポテトコロッケも、南瓜《かぼちゃ》コロッケも気になるけれど――やはり一番惹かれるのは、みんなが必ず頼む海鮮クリームコロッケだ。店横ののぼり旗には『一番人気、海鮮クリームコロッケ！　海老・ホタテ・あさり、海の恵みたっぷり！』と書かれている。見ているだけで口の中に唾液が滲む。

列が進むごとに減ってゆく海鮮コロッケを睨み、あと残り八個、六個……と固唾《かたず》を飲んでいると、ようやく私の番がきた。

「海鮮クリームコロッケ、ふたつください！」

「売り切れです」

「えっ」

ショーケースの向こうにいる店員は、学生アルバイトだろうか。つるりとした、ゆで卵のような顔をしている。赤いフレームの眼鏡と、白い三角巾から見える艶々の黒髪が、いかにも真面目《まじめ》そうだ。

「いや、でも、まだそこに……」

「これは家族用の取り置きです」

確かにトレイに残っているのは四つだけだ。だが、それならそうと最初に除《の》けておいて欲しい。

「じゃあ、肉じゃがコロッケを」

「それも売り切れです」

揚げたての肉じゃがコロッケは、まだ二十個以上も残っている。ひとり何個食う気だ。テレビのドキュメンタリー番組もびっくりの大家族なのか。

「え、えーと、じゃあ……」

「うちの店には、あなたに売るコロッケはありません！」

店員はキッと私を睨みつけると、震える声で叫んだ。つぶらな瞳には、なぜか涙が滲んでいる。何が何だかわからないが、こっちがいじめているような気分になる。

立ち尽くす私の後ろから、「ちょっと、まだなの？」「あんたのせいで、後ろがつかえてるんだよっ」と他の客たちの声が上がる。騒ぎを聞きつけたのか、惣菜店の奥から、三角巾に割烹《かっぽう》着《ぎ》姿の中年女性が出てくる。どっしりとした体つきで、なかなかの迫力だ。

「あんた、『スナックかえで』で働いてるんだろ。あの女の娘だって？」

あの女、とは当然母のことだろう。「それが何か」と返すと、女の顔が般若《はんにゃ》のように歪んだ。

「よくもうちの店に顔を出せたもんだねっ。揚げ油をぶっかけられたくなかったら、さっさと失《う》せな!!」

ほうほうのていで列から外れ、ショッピングセンターの出口に向かう。周囲の視線――とりわけ女たちの視線が冷たいことに、今更気付いた。初夏だというのに、着てもいないトレンチコートの襟を立てたい気分になる。

母よ、この町の女たちに、一体何をした？


「海鮮コロッケ、食べたかった……」

恨みがましく呻く私を見て、伊吹が苦笑する。ちなみに店内に客はいない。つい十分前に烏丸が帰ったきり、新しい客が訪れる気配はない。

「そんなに食べたいなら、俺が作ろうか」

「ありがたいけど、そういうことじゃないんだよね」

どんなにおいしいコロッケを作ってもらったとて、試合に勝って勝負に負けた気分になるに違いない。そもそもコロッケを買いに行っただけで、なぜあれほど迫害されねばならないのか。おまけにミックスナッツを買い忘れた。

「槇生ちゃんには気の毒だけど、あのお店とは因縁があるからね」

「そう、それ！　あの人、一体何をやらかしたわけ？」

「何から説明したらいいかな……」

伊吹が首をひねったところで店のドアが開き、ワイシャツにループタイをつけた初老の男が入ってくる。ハローワークの職員、川添だ。すでにどこかで飲んできたのか、目許が赤い。

「約束通り、様子を見にきたで。今日はわしがお客さんや。サービスしてや」

「私、ホステスじゃなく雑用係なんで」

つっけんどんに言い返すと、川添はなぜか得意げに「言うた通りやろ、こういう子なんよ」と連れを振り返る。スーツ姿の川添とは違い、連れの男二人はラフなポロシャツ姿で、小麦色を通り越してレバー色に日に焼けている。一人は漁師、一人は農家だという。伊吹が「お久しぶりです」と言っているところをみると、初めての客ではないらしい。はるばる島の中心街の土庄町からご苦労なことで、と思ったが、川添は小豆島町の出身で、三人は幼馴染だという。

「ほんまや、楓ママとは似とらんなぁ」

「昔の男の連れ子やないんか」

うるせぇなあ、と思いながらグラスを用意していると、またドアベルが揺れた。なんだ今日は、町の飲食店が軒並み臨時休業でもしてるのか。顔を上げると、先程帰ったはずの烏丸が、ドアの隙間から顔を覗かせていた。

「何？　忘れ物？」

烏丸は口をひん曲げたまま私を睨んでいたが、やがて「ほらよ！」と、右手に持ったビニール袋を突き出した。黄金色の油の香りが、ふわりと鼻をくすぐる。あの店のコロッケの香りだ。

「えっ、わざわざ買ってきてくれたの⁉」

「うるせぇ、いちいちデカい声を出すんじゃねぇ！」

烏丸は痩せた首を筋張らせて怒鳴ると、逃げるように帰っていった。カウンター席に着いた幼馴染トリオが「今の理髪店のジイサンか？」「嘘やろ、楓ママがおったときでも、差し入れなんてせんかったのに」とざわつく。

惣菜店のロゴが入ったビニール袋は、まだほっこりとあたたかい。「せっかくやし、あったかいうちに食べや」と川添たちに勧められ、紙にくるまれたコロッケを取り出す。伊吹がすかさず、賄いの玉子サンドの具の残りにレモンを絞り、塩を足して即席タルタルソースを作ってくれた。

まずはコロッケに、市販のウスターソースを掛け回す。きつね色の衣が存分にソースを吸ったところで、出来立ての自家製タルタルソースを、こんもりと載せる。三人の客の喉が、ごくりと鳴った。

思い切り口を開けてかぶりつくと、熱々のクリームが口の中に溢《あふ》れ出す。コロッケの熱さと、タルタルソースの冷たさ。海鮮クリームの濃厚な旨味と甘酸っぱいウスターソースを、古漬け胡瓜を混ぜ込んだ卵のタルタルが、どっしりと受け止める。シーフードグラタンのように濃厚で、だがマカロニの代わりに、ほこほことしたじゃがいもが入っているのが絶妙だ。目の粗いパン粉は、たっぷりとソースをかけてもふやけることなく、嚙み締めるたびに、ザク、ザク、と新鮮な音を響かせる。

行列ができるのも納得の、極上のコロッケだ。

「なぁ、そのコロッケ、一個しかないんか」

「いまからひとっ走りして……いや、いかん。閉店間際は、値引き目当てのお母ちゃんたちで殺気立ちよるわ」

「なぁマスター、わしらもコロッケを持ってきたら、そのなんとかいうソース、かけてくれるんか」

騒ぎ出す川添たちに、伊吹は困った様子で眉を下げる。

「これは賄いみたいなもので、お客様にお出しするようなものでは——」

「じゃあ、新しいボトルを入れてください」

口についたクリームを舐めながら、ここぞとばかりに会話に割り込む。

「うちは持ち込み禁止ですけど、ボトルを入れてくれるなら特別に許可しますよ。その代わり、ソースは無料でいいです」

「おいおい、とんだオラオラ営業やな」

「ぼったくりスナックや」

「まぁええわ、どうせ明日も来るんやし」

三人は文句を言いつつも、結局それぞれボトルを入れてくれた。川添が芋焼酎、漁師のマコさんがウイスキー、農家のナギさんが麦焼酎。緩みそうになる頬を引き締めながら、ネームタグに名前を書き込む。店を手伝うようになってから、烏丸以外のリピーターがつくのは初めてだった。

「それにしても、あんたも思い切ったことをするなぁ。楓ママとのいざこざを知りながら、単身あの店に乗り込んだんやろ？」

私が惣菜店で門前払いをされたことを知ると、川添は大げさに仰け反って見せた。

「コロッケの香りに誘われて、たまたま店に行っただけですよ。第一、過去に何があったかなんて知らないし」

「なんや、マスターから聞いとらんのか。この店で昔、大修羅場があったんや。店長の嫁さんが乗り込んできて、楓ママに摑みかかってな。『あんたがうちの旦那をたぶらかしたんやろ、このアバズレ！』って、物凄《ものすご》い剣幕やったわ」

アバズレ、とはまた、クラシックな。店長の嫁というと、般若のような形相で私を店から追い出した、あの女性のことだろうか。

情報通の川添によると、当時店長だった男性は彼女と離婚して島を去り、今は彼女の母と娘の三人で、店を切り盛りしているらしい。

「えーと、じゃあ母が、その元店長と付き合っていて、という……」

伊吹の顔色を気にしつつ訊《たず》ねる私に、ナギさんが「ちゃうちゃう」と顔の前で手を振った。

「確かに、前の店長は常連やったけどな。ママに入れ揚げたっちゅうより、家に居場所がなかったのやろ。帰りたくない、嫁と姑にいびられる、ちゅうて、しょっちゅう泣いとったもんなぁ」

「真面目で気が小さい男やったから、客商売が向いてなかったんやろ」

惣菜店の元店長は、かつては島の印刷所で働いていたらしい。ずっと経理の仕事をしていたが、会社が倒産し、嫁の実家に引っ越して家業を継ぐことになったのだ。

「畑違いの客商売で参ってるとこに、嫁と姑から毎日、あんたのやりかたはいかん、こんなこともできんのか、とチクチク責められてみい。男として立つ瀬がないわ。おまけに、婿養子に入って名字を変えろと詰め寄られてな。とうとう離婚届を置いて出てってしもたんや」

「男として最後の意地を通した、ちゅうわけやなぁ。……何や、白けた顔して」

川添が訝《いぶか》し気に私を見る。

「いえ、別に」

「今更、あんたの口の悪さには慣れっこや」

「じゃあ言いますけど、名字が変わるのも、結婚した相手の仕事を手伝うのも、姑の顔色を窺いながら暮らすのも、女が昔からずーっと強いられてきたことじゃないですか。個人的には前の店長さんに同情しますけど、あなたたち、彼と奥さんの性別が逆でも、そんなふうに同情しました？　嫁ならそれくらいの我慢は当然や、とか平気で言いそうですけど」

三人はぽかんと口を開けていた。その中で一番強面《こわもて》のマコさんが、「ほんま、ずけずけ言う子やな……」と呟くなり、おしぼりを摑んだ。そのまま目許に当て、ウッ、と声を洩《も》らす。

「な、なんやマコちゃん、どしたんや」

「あんた、言い過ぎやで。わしら男は、こう見えてデリケートなんや」

口の悪さに慣れっこと言ったじゃないか。伊吹にまで目でたしなめられ、不貞腐《ふてくさ》れてしまう。マコさんはおしぼりから顔を上げると、大きく洟《はな》をすすった。

「違うんや。わしも昔、うちの母親と嫁の間に挟まれて、しんどい時期があってな。そのときに楓ママに、同じように叱られたことを思い出してしもうて……」

マコさんは赤みを帯びた瞼《まぶた》をしばたたかせ、「今日、店に来てよかったわ」と呟く。

「最初は乗り気じゃなかったんや。マスターだけがぽつんとカウンターにおるとこを想像したら、たまらん気持ちになってな。楓ママがおらんくなったことを、受け入れたくなかったたんやろな」

「そやな。マスターには悪いけど、店のドアを開けさえせんかったら、いつまでもママとお別れせんでおれるような気がしとった」

「ほんま、楓ママはわしらの太陽やった」

肩を寄せ合い涙ぐむ三人に、少しだけ申し訳ない気持ちになる。母が亡きあと店に閑古鳥が鳴くようになったのは、常連客が皆、あわよくば母とどうこうなろうとする下心まみれのエロジジイばかりだからだと思っていた。

三人はしたたかに酔っぱらい、肩を組み合って店を出ていった。帰り際、マコさんはしげしげと私を見つめ、「そんでもやっぱり、顔は全然似とらんな」と改めて呟いた。

うるせぇ、だから聞き飽きてんだよ。


「雨が少ない温暖な気候、って聞いたのに、嘘じゃん」

ぼやきながら、ビニール傘のふちからこぼれる雨の滴を見つめる。ハローワークでの面談を終え、長いことバスを待った。ようやく到着したオリーブ色のバスは、幸いなことに空《す》いていた。こんな日に限って体調が悪く、車窓に額をもたせかけて外の景色を眺めた。雨の日は空も海も灰色によどんでいて、ふたつの色が混ざりあい、境界線が曖昧になっている。

三つほど停留場を過ぎると、セーラー服の少女たちが乗り込んでくる。一番最後にバスのステップを上がった少女を見て、あ、と思った。赤いフレームの眼鏡を掛け、長い髪を耳の下で二つ結びにしている。熊谷惣菜店の店頭に立っていた少女だ。おどおどした様子で車内に視線をさまよわせ、運転席に近い一人掛けの席に座る。一番後ろの座席に座る私には、気付いていないようだ。

私のすぐ前の二人掛けの席には、同じ制服を着た少女二人が座っている。くすくすと笑いながら、「ね、絶対そうだって」「やめなよ、聞こえちゃうよ」と囁《ささや》き合っている。十代の女の子の甘い体臭と、シャンプーや化粧品、香水のにおいで、胸がむっとした。顔を俯け、鼻と口許をハンカチで覆う。

「でも確かに、油ぎった臭いだよね。売れ残りのコロッケばっかり食べてるからかなぁ?」

ひとりが聞こえよがしに大きな声を上げると、もうひとりが、プッと噴き出す。惣菜店の少女が標的にされているのは明らかだった。もとから俯きがちだった少女の頭が、ますます下を向く。産毛の生えた真っ白なうなじは、かすかに震えているようだった。

おい、売れ残りのコロッケとは、なんだ。連日行列で売り切れ続出の、あの店のコロッケのおいしさを知らないから、そんな馬鹿げたことが言えるのだ。

「あのさ」

ゾンビのような顔色の、見知らぬ女に声をかけられたからだろうか。前の座席の少女たちは、怯《おび》えたように身を固くした。二人とも悪目立ちしない程度に髪を染め、薄く化粧をしている。華奢な鎖骨には、お揃いのネックレスが光っていた。

「余計なお世話だろうけど、あなたたちの香水のほうが、よっぽどだよ」

二人の顔が真っ赤になる。黒々とした睫毛に縁取られた瞳にみるまに涙が滲み、ぎょっとした。

おいおい君たち、そこはいじめっこの矜持として、「うるせえクソババア」くらい言ってくれないと。たじろぐ私をよそに、少女たちはそのまま、ふえーんと泣き出す。化粧が崩れることもお構いなしなので、嘘泣きではないようだ。車内の視線が私に突き刺さる。

「えーと、なんか、ごめんね……」

バスが停車したのをいいことに、私は慌てて前方に進み、料金を払って途中下車した。一体全体、最近の子はどうなっているんだ。攻撃力だけで守備力ゼロか。向こう見ずなチワワか。

どっと疲労が押し寄せ、見も知らぬ停留所のベンチに座る。幸いベンチの周りはプレハブの壁で囲まれており、庇《ひさし》が付いているおかげで、雨をしのげるようになっていた。

目を閉じて深呼吸をする。濡《ぬ》れた土の匂いがした。清々《すがすが》しいとはいえないが、バスの中で籠った空気よりは、いくらかマシだった。

どれくらい時間が経《た》っただろう。砂利を踏む音に目を開けると、水玉模様の傘をさした、惣菜店の少女が立っていた。

「顔色が悪いけど、大丈夫ですか」

「ああ、大丈夫。いつものこと」

少女は傘を畳み、私の隣に座った。強張《こわば》った顔のまま、ペットボトルを差し出す。

冷たい緑茶だった。

「買ってきてくれたの？」

「自販機がある場所が、思ったよりも遠くて」

私のあとに下車して、わざわざ自動販売機を探して歩いてくれたらしい。

「お礼はいいです。あなたに借りを作りたくないだけだから」

私とは目を合わせないまま、ぶっきらぼうに言う。ふっくらとした頬の上で、金色の産毛が光っていた。何も塗っていない唇は淡い桃色で、何だか、非常に尊いものを目にしている気分になる。自分にも同じような時代があったことが、今となっては信じられない。

「さっきの子たち、クラスメイト？」

少女は唇を嚙み、こくんと頷く。

「最近、変な感じになってて――あの子たちが好きなサッカー部の先輩が、お店のお客さんなんです。たまに学校でも話しかけられるから、それが気に入らないみたい。調子に乗ってるとか、コロッケで男をたらしこんでるとか、いろいろ言われるようになって」

「そりゃ災難だね。確かに、たらしこまれたくなるほどおいしいけど」

「食べたんですか？」

「食べたい食べたいってだだをこねてたら、お客さんが差し入れしてくれたんだよね。うちのスナックのぬか漬け入り特製タルタルソースと、相性抜群」

おかげで、コロッケを持ち込みでくるお客さんが増えた。まだ黒字とはいえないが、かつての常連客も戻りつつある。

「クマちゃんさ」

「何ですか、クマちゃんって」

「熊谷惣菜店だから、クマちゃんかな、と」

「やめてください、陽菜《ひな》です。熊谷陽菜」

「陽菜は、どうしてさっき、自分で言い返さなかったの？　陽菜にならできるでしょ。私を店から追い払ったくらいなんだから」

ちょっと意地悪な言い方だったかもしれない。陽菜は黙って目を伏せた。綺麗に折り目が付いたプリーツスカートの裾から、白い膝小僧が覗いている。

「責めてるわけじゃなくてさ。ああいうのは、ちゃんと自分で言い返さないと、相手をつけ上がらせるだけだよ。私の実家も食べ物屋だったから、気持ちはわかるけど」

陽菜は「そうなんですか？」と眼鏡の奥の目を見開いた。

「昔ながらの、ふるーい漬物屋。子供の頃は『くさい』とか『変なにおい』って言われたよ。でも、そっちは大したことなかった。私は自分の家の漬物が世界一おいしいって知ってたから、何を言われても平気だった。馬鹿だなー、ガキだなーって、呆れただけ。ちょっと厄介だったのは、中学のときだったかな。原因は、うちの母親なんだけど」

両親の離婚の原因、ということになっている女の話なんか聞きたくないかな、と思ったが、陽菜は続きを促すように、黙って私を見つめている。

「私の母親、歌手だったの。売れない演歌歌手。子供の頃に、テレビののど自慢大会で優勝して、ちょっとだけ話題になってさ。CMにも出たことがあるみたい」

とはいえ、演歌歌手兼子役として人気があったのは、ほんの数年のことだ。成長するにつれ物珍しさがなくなったのだろう。もともと娘の芸能活動に反対だった祖母は、これを機に学業に専念し、いずれは漬物屋を継ぐことを望んでいたらしい。だが母は中学を出てすぐ、売れっ子歌手になることを夢見て家を飛び出した。結局は鳴かず飛ばずで、数年後、大きなお腹《なか》を抱えて帰ってきて、さらに祖母を泣かせたわけだけど。

「私が生まれてからも、ずっとそんな調子。歌の方は何枚かCDを出したらしいけど、ぜーんぜん売れなくてさ。でも私が中学のときに、大手の事務所に移籍したの。そこでの一発目の仕事が、歌とは一切関係ない週刊誌のグラビア。『子役演歌歌手の○○ちゃんが脱いだ！』とか、そういうやつ」

いたいけな高校生にこんな生臭い話をしていいものか迷ったが、陽菜は、真剣な面持ちで私の話を聞いていた。

今でも、あの日のことはよく覚えている。祖母が泣きながら母の顔を平手打ちし、白い頰に、紅葉のような手形がついた。二度と帰って来るな、槇生にも一生会うな、と叫ぶ祖母の方が、悲しみに打ちひしがれているように見えた。母は玄関で一度だけ私を振り返り、ごめんね、と呟いた。生きている母を見たのは、それが最後だ。そして、それからほどなく、祖母は心筋梗塞で亡くなった。

「学校でも話題になって、『ババアだけど、お前よりこっちの方が勃《た》つわ』とか、いろいろ言われた」

「最低……」

陽菜は青ざめた顔で、唇を震わせた。やはり優しい子なのだ。

「私も当時は繊細だったからね。椅子に座ってるそいつの股間すれすれに、鉛筆突き立ててやったりしたなぁ。『一生勃起できなくしてやろうか』とか言って」

「それ、繊細な子がすることじゃないですよ」

噴き出す陽菜につられ、私も笑う。けらけらと笑う私の顔を、陽菜はなぜか、眩しそうに見つめていた。

「あなたは、そんなことがあっても、お母さんのことを嫌いにならないんですね」

「いや、嫌いだよ。あんたと一緒。気が合うかもね」

陽菜は、黒目がちな瞳でじっと私を見つめた。心の中を探られているようで、落ち着かない気分にさせられる。

「あなたのお母さんのこと、悪者にしてごめんなさい」

長い沈黙のあと、陽菜はぽつりと呟いた。

「本当は、パパが家を出て行ったのは私たちのせいだって、わかってます。パパが会社で働いていたときは普通の家族だったのに……みんなでお祖母ちゃんの家に引っ越してから、少しずつ変になっていって。パパが一方的に、ママとお祖母ちゃんの標的になっているっていうか、これってモラハラなのかなって、思うこともあって……」

か細い声で、途切れ途切れに呟く。握りしめられたスカートのプリーツが、ぐしゃぐしゃになっていた。

「私、いま、学校が嫌い。あの子たちのことも、見て見ぬふりをする他の子のことも大っ嫌い。でも私も、同じことをしてた。あなたに初めてお店で会った日も、他のお客さんとママの顔色を窺って、ひどいことを言っちゃった。パパのことだって、何も気付かないふりをしてた——」

陽菜の睫毛の先から、大粒の滴がぽたりと落ちる。

「私、どうすればよかったのかな。パパは、見て見ぬふりをしてる私のことが嫌いになって、だから島を出ちゃったのかな？」

「どうかなぁ。私にはわからないけど、大して悪気はないのに、いつのまにかエスカレートしちゃうことって、あるじゃない。別に、あんたのママとかおばあちゃんがモンスターってわけじゃないと思う。私もあんたも、絶対に被害者にならないとも、加害者にならないとも言い切れないわけだし」

拙《つたな》い言葉しか出てこないのが、もどかしかった。タオルハンカチを差し出すと、陽菜は顔をくしゃくしゃにして泣いた。セーラー服の背中に手を回し、優しく肩を叩いてみる。

「私さ、今朝、ぬか床の水抜きをしてきたんだよね。ぬか床って、ずっと使い続けてると、どんどん水っぽくなるの。そのままだと、カビが生えたり味が悪くなるから、ときどき水を抜かなきゃだめなのよ」

陽菜が洟をすすりながら怪訝《けげん》そうに私を見つめる。真っ赤な瞳には、一体何の話ですか、と書いてある。

「いや、だから、ぬか床も人間も一緒だね、っていう……。ごめんね、私、子守歌とか知らないから、どうやって子供をあやしたらいいか、わからないんだよね」

「赤ちゃん扱いしないで下さい！」

それから二人、傘をさして海沿いの道を歩いた。雨はいつまでもやまなかった。

「陽菜は、誰のことも嫌いにならなくていいんだよ。ママとお祖母ちゃんのことも、パパのことも。無理にどっちかを嫌いになろうとすると、苦しいだけだよ」

精一杯考えた言葉を、別れがけに伝えた。陽菜は少しだけ、ほっとしたような顔をした。私の気のせいじゃなければいい、と思う。

家に帰ると伊吹は、卓袱台の上に新聞紙を広げ、スナップエンドウの筋取りをしていた。普段なら出掛けている時間だが、今日は定休日だ。

「ナギさんが持ってきてくれたんだ。槇生ちゃんに会えなくて残念がってたよ」

向かい合って大量のスナップエンドウの筋を取りながら、路線バスの中で、陽菜と会ったことを話す。「ぬか漬けタルタルソースを食べてみたいって言ってた」と話すと、驚いたようだった。

「そうか、娘さん、もう高校生か。前の店長さん、『嫁と姑は怖いけど娘は可愛いから、家を出る決心がつかない』って、よく泣いてたよ」

「そうなんだ……」

その言葉を、今すぐ陽菜に聞かせたかった。伊吹は私よりも数倍速いペースで筋取りをしながら、「前の店長さん、元気にしてるかな」と呟く。

「楓さんもずっと気にかけてたんだよね。ある日急に店に来なくなって、風の噂で島を出たって聞いてさ」

「ふーん、不倫の濡《ぬ》れ衣《ぎぬ》を着せられたわりに、お人好しじゃん。なんだっけ、『このアバズレ！』だっけ」

「泥棒猫！　とも言われてたね。楓さんもわざと、そういうふうに蓮《はす》っ葉《ぱ》に振る舞うもんだからさ」

伊吹は、スナップエンドウを人差し指と中指の間に挟むと、膝を崩して科《しな》を作った。

「こうやって、煙草の煙をふーっと吹きかけて、『こんな奥さんじゃ、目移りしても仕方ないわよねーえ』とか言って」

なんだ、その三文芝居は。

「楓さん、『余所に悪者がいる方が楽なのよ』なんて言って、わざわざ嫌われ役を買ってさ。ほんとにお人好しだよね」

「……ふうん」

自分のことしか頭にない自己中女だと思っていたのに。私には、母のその姿がうまく想像できない。

筋取りが終わったスナップエンドウの山は、半分は生でぬか漬けに、残りは煮びたしにすることに決まった。エンドウの下処理を伊吹に任せ、私は床下収納を開ける。ホーロー容器の蓋を外し、朝のうちに埋めておいたぬかとっくりを取り出す。小さなとっくりの側面に穴が四つ空いたもので、これをぬか床に沈めておくと、穴から余分な水分が滲み出すのだ。とっくりの底には、濁った水が溜まっていた。陽菜の綺麗な涙と一緒にするのは、確かに失礼だったかもしれない。

『あなたは、そんなことがあっても、お母さんのことを嫌いにならないんですね』

陽菜はなぜ、あんなことを言ったのだろう。

長いこと誰にも話さずにいたことを、私は一体どんな顔で、あの子に話して聞かせたのだろう。

「伊吹君は、あの人とは、新宿のクラブで知り合ったんだよね」

「そうだよ。俺はボーイで、キャストだった楓さんの世話係だったんだよね。遅刻魔で酒癖が悪くて、お客さんともオーナーとも他の女の子ともしょっちゅう揉《も》めるし、厄介な人だな、と思ってた」

「印象最悪じゃん」

「でも担当になって一ヵ月くらいの頃かな。トイレに行った楓さんが全然帰ってこなくて、お客さんにどやされて探しに行ったら、非常階段の踊り場で歌ってるところを見つけてさ。そのとき俺には、汚れた非常階段が、ブロードウェイの舞台装置に見えた。路地裏の野良猫もネズミもカラスも、楓さんの歌にうっとりと聞きほれて、一緒に歌い出してさ」

「すごいねー、あばたもえくぼっていうけど、伊吹君に至っては、飲んだくれがシンデレラだね」

私の冷たい視線になどお構いなしで、伊吹はうっとりとした顔つきで、あらぬ方向を見つめている。

伊吹は母の過去のあれこれを知っているのだろうか。知ったところでどうせ、意に介さないだろうけど。

スナップエンドウをぬか床に寝かせ、丁寧にぬかを被せながら、あの日のことを思い出す。中学校からの帰り道、制服姿の私は、息を潜めてコンビニに入った。雑誌のコーナーで週刊誌を片っ端からめくり、そして、見つけた。祖母を泣かせ、親子の関係を決定的に引き裂いたグラビアは、たった数ページのものだった。濃いアイラインを引いて付け睫毛をつけ、真っ赤な口紅を引いた母は、いつもとは違っていた。普段の化粧の方が似合っていると思った。だが、際どい下着を身に着けた柔らかそうな体は、本当に綺麗だった。真っ直《ます》ぐにカメラを見据える母の目には、どう？　見たいなら見なさいよ、という潔さと、ふてぶてしい自信が滲んでいた。

だけど――だから、なのか、制服姿で週刊誌を立ち読みしたときも、学校の教室でクラスメイトから嘲笑されたときも、私は一度も、恥ずかしいとは思わなかった。

「伊吹君、その歌、なに？」

「楓さんが非常階段で歌ってたやつ。ジャズの名曲で『Blue Moon』っていうんだけど、知らない？」

「全然知らない」

私がぬか床を床下収納におさめている間にも、伊吹はずっと、鼻歌をくちずさみ続けていた。ときどき不自然に音程が乱れ、もしかしたら泣いているのかと思ったが、ただ音痴なだけだった。

第三話　捨て漬け

青空に跳ね上がった白球が、少年が構えるグローブの中に、ぽとんと落ちる。わっと歓声が上がった。

「みんな喜んでるけど、今って、何がどうなったの？」

「スリーアウトで攻守交替……って言っても、わからないか。槇生ちゃん、本当に野球のルールを知らないんだね」

よく晴れた土曜日、私と伊吹は、小学校のグラウンドで野球観戦をしている。ひょんなことから知り合いになった元バレエ少年・玲音が、初めて試合に出るのだ。

グラウンドの中央に立つ相手チームのピッチャーは、遠目にも体格が良い。ひょっとしたら私よりも身長があるかもしれない。最近の子はみんな大きいな、と年寄りじみたことを考えていると、観覧席にいる本物の年寄りたちが、こちらに向かって手を振っているのが見えた。ハローワークの川添と漁師のマコさん、農家のナギさんの幼馴染トリオだ。並んで折り畳み椅子に座り、片手にメガホン、片手に缶ビールを持っている。孫が試合に出ると聞いていたが、応援そっちのけで赤い顔をしている。

「俺たちも、敷物か、せめて帽子でも持ってくればよかったね」

青空のてっぺんに昇った太陽が、ジリジリと私たちのつむじを炙《あぶ》る。視界がぼやけるのは、地面から立ちのぼる陽炎《かげろう》のせい……ではない。

「槇生ちゃん、顔色が悪いけど大丈夫？」

「久しぶりに早起きして、寝不足なだけ。私、向こうの遊具の方にいるね」

日陰を物色し、グラウンドの隅に設置されたボルダリングボードの前に座り込む。タオルハンカチで汗を拭い、持ってきた炭酸水を口に含むと、少しだけ気分がましになった。

「また貧血ですか？」

顔を上げると、惣菜店の看板娘・陽菜が立っていた。Tシャツにデニムのショートパンツ姿で、伸びやかな手足が眩しい。私服だと、ずいぶん印象が違う。

「暑いから、涼んでるだけ。知ってる子の応援に来たんだけど、なかなか順番がまわってこないからさ」

「そんなところに座ったら、スカートが汚れちゃいますよ」

「いいよ別に。洗濯機でざぶざぶ洗える安物だし」

「私も、今日は後輩の応援なんです」

陽菜は私の隣にちょこんとしゃがみ込み、得意げに言う。

「野球部だったの？　マネージャー？」

「ピッチャーですけど」

「へー、どんくさそうなのに」

むっと唇を突き出す様子が可愛らしい。ユニフォームを着てマウンドに立つ陽菜の姿を想像する。いつのまにか、女子ならバレエとか、男子なら野球とか、窮屈な選択を強いられる時代じゃなくなったんだな、と思う。

「あれから学校の方は大丈夫？」

「はい。あの子たち、ＳＮＳでつながった神戸の男の子と仲良くなって、先輩のことはどうでもよくなったみたい」

「さすが、十代は恋愛のサイクルも早いなー」

「だけどそんなことよりも、パパと連絡を取れるようになったことが、一番嬉《うれ》しいです。槇生さんのおかげです」

「私は何もしてないけど」

陽菜の父は、今は高松の会社で経理の仕事をしているらしい。陽菜が母親に、連絡先を教えて欲しいと食い下がったのだ。陽菜は嬉しそうに、父親とのライントーク画面を見せる。ユーモラスなスタンプを交えたやりとりに、私まで頰がほころんだ。

「すごいじゃん。あの屈強なお母さんに立ち向かえるなら、学校のいじめっ子なんて、屁《へ》みたいなもんだね」

「確かに、今はちょっと怖いものなしの気分かも」

悪戯《いたずら》っぽい表情で微笑む陽菜は、本当に可愛らしかった。

バッターボックスには、真新しいユニフォームを着た少年が立っている。真っ直ぐに伸びた背筋と長い手足を見て、すぐに玲音だとわかる。陽菜が私の隣で「新しく入ったすごい子って、あの子かな」と目を凝らす。

「すごいかどうか、見ただけでわかるの？」

「体つきが違いますもん。野球の前に、何か他のスポーツをやってたのかな」

「バレエ」

カキン、と爽快な音がする。空に跳ねた白球は、一番外側でグローブを構える選手たちの手前に落ちた。残念、あまり飛ばなかったな、と思う私をよそに、観客がわっと沸く。陽菜も興奮気味に、私のTシャツの裾を摑んだ。

「すごいすごい！　普通ならシングルヒットのところを、二塁打に変えましたよ！」

何が何だかわからないが、私がボールの行方を追っているうちに、玲音は二つ向こうの塁まで進んでいたらしい。

「槇生さん、本当になんにも野球のこと、知らないんですね」

「悪かったね」

「知り合いって、あの子ですか？」

「わけあって、一回お店に来たことがあってね」

「ああ、例のぬか漬けスナック」

「変な名前を付けないでくれる？」

試合は五対四で、玲音のチームの勝利に終わった。陽菜は「ちょっと行ってきますね！」と声を弾ませ選手のもとに駆けてゆく。何人かが「陽菜ちゃーん」と手を振っている。後輩から慕われているようだ。キャッキャとじゃれ合う姿が微笑ましい。

「玲音君、大活躍だったね」

いつのまにか伊吹が隣に立っていた。強い日射しのせいか、鼻の頭が赤くなっている。

「陽菜も、いい選手になりそうって言ってたよ。お店の準備もあるし、そろそろ帰る？」

「玲音君に挨拶しなくていいかな」

「でもほら、写真撮影が始まってるよ」

マウンド上では選手が二列になって並び、お揃いのブルーのTシャツを着た軍団が、しきりにカメラやスマホを向けている。どうやら部員の保護者は、あのTシャツを着る決まりらしい。

ようやく撮影が終わると、選手たちがそれぞれの保護者のもとへと走り寄る。そんな中、玲音はひとりだけ、集団から離れた場所へと走ってゆく。

「あれが玲音のお母さんかな」

「そうみたいだね」

観覧席の端に、白い日傘をさした女性が立っていた。真っ直ぐな立ち姿は、一輪挿しの花瓶に活《い》けられた花のように、凛《りん》として美しい。日傘と同じ色のワンピースが、ひらひらと揺れている。

女性は玲音の野球帽を外し、ハンカチで額の汗を拭ってやっている。きっと、パンツや靴下と一緒にガンガン洗っている私のタオルハンカチとは違い、レースや刺繍があしらわれた、繊細な素材のものだろう。そうに違いない。

「いやー、美しいものを見た」

「ラファエッロの宗教画を思い出すね」

「目が洗われるようだ」

そんなことを呑気に言い合っていると、横から伸びてきた足に、思い切りスリッポンを踏みつけられた。青Tシャツの茶髪の女が、おざなりに頭を下げる。私への謝罪より、隣にいる麦わら帽子の女との会話に夢中なようだ。

「ねぇ、あの人でしょ？　玲音君の」

「そうそう。あーいやだ、どういう神経してるんだか。あんな格好で来るなんて、空気読めないいんじゃないの」

「何かお手伝いすることありませんか？　とか言って、最初から手伝う気ないでしょ」

「ちやほやされていい気になって、ほんと腹立つ」

次々に他の女たちが加わり、悪口大会が始まる。私と伊吹は、後じさりで集団から離れた。

「いやなものを聞かされた……」

「古式ゆかしい、村八分という言葉を思い出すね」

「耳が腐りそうだ」

遠くにいる玲音が、私たちに気付いて手を振る。日傘の女性が会釈をしたので、私と伊吹も同じように頭を下げた。土埃が舞うグラウンドで、あの親子の周りにだけ、涼やかな風が吹いているかのようだった。


祖母が亡くなったのは、寒い冬の朝だった。いつものように階段を下り、洗面所で顔を洗ってから台所に向かうと、祖母が倒れていた。体の傍《そば》には、使い込まれたホーロー容器が転がっていた。ぬかにまみれた祖母の手は、すでに冷たくなっていた。

それから十七年、途中、ほんのひととき大叔母の世話になりはしたが、私はずっとひとりだった。そんなひとりきりの人生が残りわずかで終わりを迎えると告げられたとき、真っ先に頭に浮かんだのは、『え、嘘やろ』という、なんとも間抜けな感想だった。そしてその感覚は、三ヵ月経った今でも、完全には消えてはいない。

「前回新宿の病院を受診されたのが四月ということで――随分、時間が空きましたね」

神経質そうな顔つきの若い医者に冷ややかに見据えられ、私は亀のように首を縮こめた。

「引っ越しやら、母の葬儀やらで、なんだかバタバタしてましして……」

「だとしても、今はご自分の体を一番に考えていただかないと」

「……すみません」

三十一にもなって、自分よりも若くて頭の良い男に正論で説教されるのは、応えるものがある。受付のお姉さんの優しい笑顔にわずかに癒されたものの、病院を出る頃にはすっかり気分が萎《しぼ》んでいた。ついでに薬の量も増えた。

島からフェリーに乗って一時間、そこからバスに乗り四十分。初めて訪れた岡山市は、交通量も人の多さも島とは桁違いだ。ほんの少し前までは、さらに騒々しい大都会で暮らしていたというのに、いつのまにか体が島の生活に馴染んでいる。小豆島町では滅多に見かけない高層ビルのせいだろうか。空が随分遠くにある気がする。なのに開放感はなく、むしろ息苦しさを感じた。車の走行音やクラクションの音が耳に障り、せわしない人の流れに眩暈がする。

目についたコーヒーショップに入り、期間限定のハイビスカスソーダ、というものを頼む。窓際のカウンター席に座り、医者に言われた言葉を思い返す。もっと頻繁に診察に来るようにとか、何かあったらどうするんですか、とか。診察室で神妙な顔をしてうなだれながら、私は心のどこかで、ああ、やっぱり本当なんだ、と思っていた。何の根拠もなく、自分の身にそんなことは一生起こらないと思っていたのに、やっぱり本当なんだ、と。

もちろん、頭では理解しているのだ。だからこそ、なけなしの家財道具を抱えて亡き母の夫の許に押し掛けるという、図々しいことをやってのけたわけだ。何しろこの体では、いつまで働くことができるかもわからないのだから。

ストローを齧りながら、伊吹に話すべきなんだろうな、と思う。でもできれば、ギリギリまで言いたくないな……などと自分勝手なことを考えていると、ふっと顔に影が差した。

窓の向こうに、美しい女性が立っていた。一歩、二歩、とこちらに近付き、じっと私を見つめている。近付き過ぎて、形の良い鼻がガラスにぶつかりそうになっている。

大きな瞳に射すくめられたように身動きできずにいると、彼女は急に、くるりと踵《きびす》を返した。そのまま店の入り口側に回り、自動ドアを抜け、一直線に私のもとに歩いてくる。ふわふわと揺れるブラウスの袖が、まるで妖精の羽のようだった。

「お隣、空いてますか?」

「あ、はい、どうぞ」

美女の奇行に圧倒されつつ、隣のスツールに置いていた斜め掛けバッグをどかす。席は他にも空いているのに、と不審に思っていると、彼女が「あの!」と声を上げた。

「もしかして、島の方じゃないですか? うちの玲音がお世話になった、ぬか漬けスナックの……」

「ああ!」

間抜けなことに、そのときになってようやく、彼女が玲音の母親だと気付いた。遠くから会釈を交わしただけなのに、彼女が私の顔を覚えていたのは意外だった。

「えーと、その節は、すみませんでした。息子さんをスナックなんかに……」

あなたのせいで息子がバレエをやめたのよ、と詰め寄られることを想定し、慎重に言葉を選ぶ。だが彼女は勢いよく首を横に振ると、すべすべした手で私の両手を握った。

「とんでもないです! あなたには、とっても感謝してるんです! 私も玲音も、もちろん、夫も!」

「あ、はい、それはそれは……」

綺麗な顔が間近に迫り、同性ながらどぎまぎした。彼女はハッとしたように頰を赤らめ、手を放す。

「すみません、私、玲音にも夫にも、距離感がおかしいって怒られるんです。玲音の母の梨依紗《りいさ》といいます」

「あ、槇生です」

ぎごちない自己紹介を済ませた後、梨依紗は改めて、深々と頭を下げた。

「本当にありがとうございます。一度、夫と一緒にお店に伺いたいと思っていたんですけど……」

「いえ、全然大したことをしていないし、おっさんばっかりのむさくるしい店ですから」

それきり会話が途切れる。しばしの沈黙のあと、私の方から、「今日はお買い物ですか？」と話を振った。

「そこのレストランで、ランチ会だったんです。バレエ教室で知り合ったママたちと」

「ああ……」

思い切り地雷を踏んだ。梨依紗は目を伏せ、寂しそうに笑う。

「玲音は教室をやめたけど、私たちは今まで通り仲良くしましょう、って誘ってもらったんですけど……やっぱり難しいですね。話題はレッスンのことが中心になるし、何だか、いたたまれなくて」

気まずい。自分が原因に関与していることもあり、何と言ったらいいかわからない。

そもそも、共通言語がないのだ。彼女のように普通に結婚をし、赤ん坊という未知の生物を立派に育て上げた女性に対し、私のような者が一体何を言えるというのか。

そっと横目で様子を窺う。俯いて落ち込んでいると思った彼女は、意外なことに、上半身を後ろに反らすようにして、明後日《あさって》の方を見つめていた。視線の先には、若い女の子三人組がいる。おしゃべりに夢中なあまり、テーブルの上のフローズンドリンクが溶けかけていることに気付いていないようだ。

「あれ、新製品のフローズンピーチですよね。すっごくおいしそう……」

「ああ、生の桃を丸ごと使ってるっていう――」

「丸ごと⁉　ほんとに？」

思いがけない勢いで詰め寄られ、戸惑ってしまう。私もポスターを見て心惹かれたが、桃色のフローズンドリンクの上にうずたかく盛り付けられたソフトクリームの写真を見て、断念したのだ。

「おいしそうではありますけど、年齢的にキツイというか……そもそも、カロリーが暴力的なんですよね」

「暴力的……」

彼女は真剣な面持ちで、私の言葉をおうむ返しにする。しばらくののち、彼女はひらりとスツールを下り、「私、買ってきます！」と宣言した。まっすぐにレジに向かうと、ラージサイズのドリンクカップを手に戻ってくる。何が何だかわからないが、細長いスプーンを持った彼女の手は、時限爆弾の解体処理を命令されでもしたかのように、小刻みに震えている。

「わ、わたし、こういうものを口にするのは、生まれて初めてなんです……」

今まで一体、どんな暮らしを？　ぽかんとする私を見て、彼女は恥ずかしそうに声を落とす。

「子供の頃からバレエのレッスン漬けで、太りやすい体質だから……」

そういえば、烏丸理髪店の向かいに住むささもとさんが、玲音の母は東京のバレエ団のトップダンサーだったと話していた。確かに、ブラウスの袖から伸びる腕は筋肉質で、ただ痩せているだけの女の子たちのものとは、明らかに違う。

彼女はソフトクリームの先端をスプーンですくい、おっかなびっくり口に運んだ。まずは冷たさに驚くように目を見開き、それから唇を擦り合わせるように、ぎゅっと結ぶ。その様子はまるで、舌に広がる甘さを、余すところなく口の中に閉じ込めようとするかのようだった。カウンターテーブルの下で、子供のように脚をじたばたさせる仕草に笑ってしまう。勝手な劣等感で身構えていた自分が、馬鹿馬鹿しくなる。

「じゃあ、今までずっと、おやつなしの禁欲生活だったんですか?」

「たまに母が、おからクッキーを作ってくれたことはあったけど……ボソボソして、全然おいしくなくて」

「みんなと同じものが食べたいって、泣いたりしなかった?」

「うーん……私が泣くと、母が、もっと泣くから」

彼女は上唇にクリームをつけたまま、溜息をつく。

「貴女《あなた》のためにこんなに頑張ってるのに、どうしてわかってくれないの、って……。いつも私にべったりで、どこに行くのも一緒だった。昔は私も、綺麗なママだね、姉妹みたいだねって言われて、嬉しかったんだけど……。高校生くらいの頃は、束縛がきつくて辛《つら》かったなぁ。友達もできなかったし」

彼女の母はドイツ人で、結婚を機に日本に渡ったのだという。それからずっと日本で暮らしているものの、頑《かたく》なに日本語を覚えようとせず、友人もいないらしい。

「だから夫との結婚も反対されたし、島に引っ越すときも、大泣きされたの。こんなに貴女を愛してるのに、どうして私を見捨てるの、って」

「それはキツイね」

「キツイよぉ。思春期なんか、流行《はや》りのラブソングが全部、呪いの歌に聞こえたもん。愛してるんだー、君を絶対離さないー、って」

「あー、中学の頃、後ろの席のギャルが携帯の着信音に設定してたな。知らない？　あの、歌がそのまま鳴るやつ」

「知ってる！　そうよね、昔の携帯って、そうだったよね」

「授業中もガンガン鳴ってて、愛してる愛してるうるせーな、って思ってた」

いつのまにか私たちの口調は、同じ教室で机を並べる高校生のように、くだけたものに変わっていた。彼女はカウンターに頬杖をつき、ふふ、と目を細める。

「私ね、本当はずうっとあなたに会いたかったの。玲音のことがある前から、同世代の女の人が東京から移住してスナックで働いてるって、噂になってたから」

「どうせ、ろくな噂じゃないでしょ」

彼女が困ったように唇をすぼめたので、「正直だな」と笑ってしまう。

「だけど、あなたも、私の噂をいろいろ聞いたんじゃない？」

「まあね、ろくな噂じゃなかったね」

文具店のささもとさんから、玲音の母親は、都会風を吹かした感じの悪い女だと吹き込まれたことを思い出した。同時に、島には私と同じように、余所者としての疎外感を抱えている女性がいるのだと、ほのかなシンパシーを感じたことも。

「ねぇ、槇生ちゃん、って名前で呼んでもいい？」

「いいよ、私もそうする。名前、何だっけ」

「ひどーい。梨依紗だよ！」

梨依紗は少女のようなむくれ顔を作り、私の肩を小突いた。

「だけど私ね、今回のことで、自分がいやになっちゃった。ママみたいな母親には絶対にならないって、決めてたのになぁ」

梨依紗はストローをいじりながら、萎《しお》れた口調で呟く。

梨依紗は昔、体型を理由に、ドイツのバレエカンパニーの入団試験に落ちた経験があるらしい。梨依紗の入団に合わせてドイツへの帰国をもくろんでいた母親は、ひどく落胆したのだという。

「結婚してダンサーを引退して、玲音がようやく歩き始めた頃だったかな。昔お世話になった先生に玲音を会わせたら、『この子は世界で活躍できる脚をしている』って、絶賛されちゃって――それで私も、ついその気になっちゃったのよね」

母親のエゴよね、と、しゅんとした様子で肩を落とす。

「島に移住してからも、玲音のレッスンの付き添いで忙しいことを言い訳に、いろんなことから逃げてたの。ご近所付き合いも、小学校のＰＴＡの活動も、全部夫に任せっきり。同居してる姑に『あんたはいつまでたってもお客さんやなぁ』って言われても、何が悪いの？　って開き直ってた。だって、そういう条件で引っ越してきたんだもん。だから、かな。私、玲音がバレエをやめてから、空っぽなの。夫は楽しそうに玲音とキャッチボールをして、野球部の保護者会にも溶け込んで、二人ともどんどん島の暮らしに馴染んでいくのに……私だけ、宙ぶらりんになっちゃった」

それは、玲音が一番心配していたことだ。野球帽のつばを引き下ろし、懸命に涙を止めようとしていた姿を思い出す。どんな言葉を掛けたらいいかわからずに、氷の溶けたハイビスカスソーダを見つめる。

意を決して口を開いた瞬間、隣から、ズゴッという非常に行儀の悪い音がした。梨依紗が、梅干を齧ったような顔でこめかみを揉んでいる。たっぷりと入っていたフローズンピーチが、半分ほどに減っていた。

「一気に吸ったら、頭がキーンってなっちゃった……」

「すごい肺活量だね。やっぱり、子供の頃から鍛えてる人は違うね」

噴き出してしまう私をよそに、梨依紗は大真面目に宣言する。

「私ね、変わりたいの。だから、今までの自分はしなかったようなことも、いろいろ挑戦してみようと思って！」

「それで、手始めにフローズンピーチの一気飲み？」

「そう。あとは自転車の練習かな。子供の頃から禁止されてて、一度も乗ったことがないから」

「徹底してるねー」

「髪の毛もずっと伸ばしてきたけど、思い切って短くしちゃおうかな。似合うと思う？」

長い髪を掻き上げる梨依紗は、何かが吹っ切れたような笑顔だった。

あの日、店のカウンターで泣いていた玲音に、君のママは全然弱くないよと、教えてあげたかった。


「槇生ちゃん、高校生じゃないんだから、食事中はスマホをやめなさい」

伊吹が卓袱台の向こうで眉をひそめている。私は不承不承、スマホを畳の上に伏せた。梅雨明けの陽光が差し込む居間で、私たちは遅めの昼食を摂っている。鶏肉のソテーをひと切れ口に入れる。ぬか床を小分けして生肉を一晩漬けておいたので、胸肉なのにパサつきもなく、しっとりと柔らかい。

「槇生ちゃん、最近スマホばっかり見てない？　よくない友達と付き合ったりしていないよね」

「あんたは私のお父さんか」

いや、一応、お父さんか。亡き母の夫が戸籍上私の何にあたるのかは知らないが、実状的には。

「玲音のお母さんとラインでやりとりしてるだけだよ。岡山のカフェで偶然会ったって話したじゃん」

「それならいいけど……そもそも槙生ちゃん、何の用事で島を出てたの？」

痛いところを突かれた。麦茶のグラスに口を寄せながら「えーと、洋服とか？　この辺は、あんまりお洒落なやつが売ってないからね」と、苦し紛れに言う。伊吹は不審そうな目で、よれよれのTシャツを着た私を見つめた。なんだ、私がお洒落な洋服を買い求めたら、おかしいとでもいうつもりか。

昼食を終え、伊吹が食器を洗っている隙に、私はまたスマホを覗いた。トーク画面を開き、『さっき伊吹に、スマホ見過ぎって言われちゃったよ』と打ち込むと、すぐに既読がつく。

『亡くなったお母さんの旦那さんの？　ほんとに一緒に暮らしてるんだぁ。ねぇねぇ、写真を送って』

可愛らしいスタンプつきで催促する梨依紗に、頰がほころんでしまう。『店に直接見に来なよ』と返しておいた。

カフェで連絡先を交換して以来、私たちは満たされなかった何かを埋めようとするかのように、他愛《たわい》ないやりとりを繰り返している。お互いにいい年をして、高校生みたいだ。

手早く出掛ける準備を済ませ、伊吹に頼まれた買い出しリストのメモを持って家を出る。少し迷ってから、自転車ではなく徒歩で出掛けることにした。

涼やかな潮風が心地よい。凪《な》いだ海に目を凝らすと、白いフェリーが小さくなってゆくのが見えた。

あの日、カフェを出た私と梨依紗は、同じ便のフェリーに乗って島に帰った。フェリーの甲板で梨依紗は、東京に住む母親に電話を掛けた。カフェにいる間に、何件も着信があったらしい。掛け直さないとうるさいの、とぼやいていたが、スマホを耳に当てる梨依紗の横顔には、いたわるような表情だけが浮かんでいた。英語とは異なるアクセントの不思議な言葉は、子守歌のように、ただ穏やかだった。

『梨依紗は偉いね。何だかんだいって、ちゃんとお母さんに優しくしてるんだ』

祖母が亡くなったあと、大叔母と母は、ときたま連絡を取り合っていたようだ。「アナタがその気なら、楓ちゃんの連絡先を教えるけど」と言われたこともある。それでも私は、母と折り合う気にはなれなかった。

梨依紗は困ったように眉を寄せ、そんなことないよ、と首を振った。

『わずらわしいと思うことの方が多いもん。だけど、そういうときに限って、楽しかったこととか、嬉しかったこととかを思い出しちゃうのよね。手作りしてくれたビーズのアクセサリーのこととか、おからクッキーは嫌いだったけど、お豆腐で作ったガトーショコラは好きだったな、とか』

『あーわかるかも。私も小学二年の頃、母親から突然ピンクのランドセルが送られてきてさ。娘の入学年くらい、ちゃんと覚えてろよって話なんだけど、蝶々《ちょうちょう》の刺繍とキラキラの石がついてて、すっごく可愛かったんだよね』

そのときの私はすでに、祖母が買ってくれた赤いランドセルを使っていた。母のランドセルは、祖母が近所の養護施設に寄付してしまった。当時はまだ、赤色以外のランドセルを背負っている女児は珍しかったし、祖母はとにかく私を華美なものから遠ざけようとした。それはやはり、私を母のようにしてはならないという考えが働いていたからかもしれない。

『嫌いになれたら楽なのになって、時々思うのよ』

『わかるわー』

結局一度も背負わなかったけれど、あの頃の私は、母がピンクのランドセルを選んでくれたことが嬉しかったのだ。面倒くさい、わずらわしいと思うのと同時に、幼い日の思い出が、こぽこぽと泡のように浮かび上がって、未だに私たちを苦しくさせる。

いつものドラッグストアに寄る前に、高台にある米穀店に向かう。新しい薬がきいているおかげか、今日は息が切れなかった。

小学校の集団下校だろうか、黄色い帽子を被った子供たちが、一列に並んで下りてくる。玲音よりもずいぶん小さいし、旗を持った女性が先導しているので、一年生かもしれない。

列の最後尾を歩く少女とすれ違い、私は足を止めた。振り返り、彼女の背中を見送る。小さな体に不釣り合いなほど大きいランドセルは、鮮やかなチェリーピンクだった。母が私に贈ってくれたものに、少しだけ似ていた。


梨依紗が店に飛び込んできたのは、それから一週間ほど経った夜のことだ。その日は常連客に、新作のぬか漬けを振る舞っていた。ひと口大の賽《さい》の目に切ったぬか漬けを口に入れ、烏丸は首をひねった。

「どう？　おいしい？」

「悪かねぇが、何だ、こりゃあ」

「林檎《りんご》のぬか漬け」

「妙なものを食わせるんじゃねぇ！」

烏丸は顔をしかめ、口直しをするように水を飲んだ。「俺はな、酢豚に入ってるパイナップルなんかが、許せねぇんだ！」と憤慨している。悪くないって言ってたくせに。

川添もいまいちだと思っているようで、「そんでも、こっちは癖になるやん」と言いながら、ベビーチーズのぬか漬けばかりを摘まんでいる。ひと晩ぬかに漬けて酸味と塩気が増した紅玉は、爽やかな甘さが際立って、かなりいけると思ったのに。

「今度は林檎の皮を剝かないで、そのまま漬けてみようかな」

「よせよせ、余計なことはすんな！　俺たちはなぁ、今まで通りの普通のぬか漬けが食いてぇんだよ！」

「……コンサバジジイ」

「客に向かって、どういう言い草だってんだ！」

烏丸が怒鳴ったところで、勢いよく店のドアが開いた。カラランッ、というベルの音と共に、泣き顔の梨依紗が飛びついてくる。

「槙生ちゃーーん!!」

「えっ、どうしたの？」

「お酒ください！　強いやつ！」

「ちょっと、大丈夫なの？」

「飲みたいの！」

しかし美人というのは、涙で化粧がぐちゃぐちゃになっても美しいものだ。泣きじゃくる梨依紗を、カウンターの端に座らせる。どうしたものかと考えていると、梨依紗の肩越しに、こそこそと移動する烏丸の姿が見えた。観葉植物の陰から、しきりに目配せをしている。そういえばこの二人、かつてひと悶着《もんちゃく》があったんだ。

「さっさと会計を済ませてくれよ。俺は、あの奥さんが苦手なんだ」

「何でよ。あの件は、もう解決したんでしょ」

「旦那と一緒に、高級羊羹《ようかん》を持って謝りにきてくれたよ。でもな、あの綺麗な顔にくっついたでっかい目でじっと見つめられると、どうにも落ち着かねぇんだ」

「落ち着く顔で悪かったね」

そそくさと帰ってゆく烏丸を見送り、梨依紗の隣のスツールに座る。ボックスティッシュを差し出すと、梨依紗は大きな音をたてて洟をかんだ。

「今日ね、玲音の学校の、PTAの役員会議だったの」

新年度の参観日恒例のくじびきで、運悪く役員になってしまったらしい。今までは夫に任せきりだったが、今日は意を決して、自ら出席したのだという。

「私もラインのトークグループに入れてください、これから仲良くしてください、ってお願いしたの。でも、旦那さんの方がいいんじゃないですか、男手があった方が安心だしって、目も合わせてくれなかった……」

伊吹は棚からウイスキーグラスを取り出すと、角砂糖を二つ落とした。上からリキユールを垂らして氷を入れ、バーボンを注ぐ。

「どうぞ、オールドファッションドです」

チェリーとオレンジが添えられた琥珀《こはく》色のカクテルを、梨依紗は泣き腫らした顔で見つめた。

「綺麗……」

いつのまにかにじり寄ってきた川添が、今にも『君の方が綺麗やで』などと言いそうな雰囲気だったので、しっしと手で払って牽制《けんせい》する。

梨依紗は白い喉を反らせ、一気に半分ほどグラスを空けた。おいおい大丈夫かと、心配になる。

「槙生ちゃん。私ね、普通のことができないの。みんなが当たり前にできることが、私にはできないの。友達の作り方もわからないし」

「そんなの、私にだってわかんないよ」

「嘘ばっかり！　中学の頃も高校の頃も、槙生ちゃんみたいな子の周りには、いつも人が集まってたもん！」

「いや、今の私は、仮の姿というか……昔は、こんなんじゃなかったから」

とんだ絡み酒だ。勢いよくグラスを呷《あお》るので、縁からこぼれたカクテルが、ブラウスの胸許に染みを作っている。

「今日の役員会議だって、私が何かを言うたびに、みんなが顔を見合わせて、変な空気になったもん！　子供の頃からバレエばっかり踊ってたから、一般常識がわかってないの。バレエがなくなったら、ただの空っぽな女なの！」

「落ち着きなよ。確かに、空気は読めないところがあるかもしれないけど、それが梨依紗の持ち味、というか、個性じゃん」

梨依紗は大きな目をさらに真ん丸に見開いて私を見つめると、わっと声を上げて泣いた。あーあ、という顔つきで見てくる伊吹と川添を無視し、試食用の皿を引き寄せる。

「ほらほら、泣いてないで、これをお食べ」

賽の目切りのぬか漬けを楊枝で刺し、梨依紗の口に放り込む。

「何これ、林檎？　……すっごくおいしい」

「そう。こっちはチーズで、こっちはアボカド。レーズンもあるよ」

ひと口大のぬか漬けを、ちょんちょんとまとめて楊枝に突き刺すと、梨依紗は「ピンチョスみたい」と、ようやく笑った。

「これ、全部同じぬか床に漬けて作ったの？　風味は似てるけど、ひとつずつみんな、全然味が違うのね」

「そりゃそうだよ、同じじゃつまらないじゃん」

私はカウンターの奥に回り、冷蔵庫の中から、プラスチックのタッパー容器を取り出した。

「これ、ぬか床……？」

「そう。初めて自分で作って、育て中。お店でぬか漬けを出すようになってから、ぬかの減りが速くてさ。ぬか漬けを取り出すときって、どうしたって野菜の表面にぬかが付くからね」

私ひとりだけが食べる分を漬けるなら減りも緩やかだったが、最近は毎日何種類もの野菜を漬けているので、目に見えてかさが減った。これを機に、もうひとつぬか床を育ててみるのもいいかもしれない、と思った。あの日の梨依紗が話していたように、私も新しいことを始めてみたくなって、島の米穀店に生ぬかを買いに行ったのだ。

「生ぬかに塩を入れて水を足して、一昨日、ようやく捨て漬けが終わったところ」

「捨て漬けって……？」

「人参の皮とか、キャベツの外側の葉っぱを漬けて、ぬか床に乳酸菌を移すこと。何回か捨て漬けを繰り返して、おいしいぬか床に育つんだよ」

梨依紗はじっとぬか床を見つめていた。ウイスキーグラスの底に入った角砂糖が溶け、上に載っていた氷が、小さな音をたてて崩れる。

「梨依紗がバレエをしていたことは、絶対に無駄なんかじゃない。だけど、そこで味わった挫折とか、積み上げたプライドとかが重たいなら、放り投げていいと思う。新しい自分に変わりたいって、言ってたもんね」

今朝私は、新しいぬか床の中でしんなりしていたキャベツの葉を取り出し、ぬか床の上で力いっぱい搾り上げた。横で見ていた伊吹は『捨てる葉っぱの汁を入れちゃって、大丈夫なの⁉』とぎょっとしていたが、そうすることで、ぬか床はどんどん育ってゆくのだ。

「捨てたって、空っぽになんかならないよ。子供の頃から脇目も振らずに頑張った時間が、今の梨依紗を作ってるんだから」

大きな瞳に、新しい涙が膨らむ。梨依紗はそのまま、声をあげてわんわんと泣いた。親子で泣き方が逆なんだよな、と苦笑する。私の隣に立つ伊吹も同じことを思ったのか、何度か咳払いをし、「失礼しました」と、取ってつけたような渋い声で言った。笑いをこらえているのが明らかだった。

結局、真っ直ぐ歩けないほどへべれけになった梨依紗は、迎えにきた旦那さんと手を繋いで帰って行った。想像よりもずっと素朴で、温厚そうな男性だった。

「あんなに思い切り泣けたら、気持ちが良いだろうねー。オールドファッション、だっけ？　ドーナツみたいな名前のカクテルだね」

「オールドファッションド、ね。カクテル言葉は、我が道を行く」

これ以上ないほど梨依紗にぴったりの言葉で、笑ってしまう。皿の上には、爪楊枝に刺さった林檎とチーズのぬか漬けが、一本だけ残されていた。

「ぬか漬けピンチョス、だって。どうですか、マスター」

「どうかな、人気が出るかな」

「オリーブとか生ハムと合わせたら、見た目の華やかさも増すと思うんだよね」

それからほどなく、私の予想は的中する。

毎週水曜、店は島の女性たちで賑わうようになった。林檎やチーズ、ドライフルーツのぬか漬けに、生ハムやオリーブの塩漬けを合わせたピンチョスは、可愛らしい見た目も相まって看板メニューとなった。女性たちの輪の中心にいるのは、ぬか漬けピンチョスの名づけ親、梨依紗だ。

「しっかし、すごいよねー。仲間外れにされてもめげずに、逆に自分の方に引き寄せちゃうんだもんね」

「さすが、槇生ちゃんと気が合うだけあるね」

「どういう意味？」

横目で睨むと、伊吹はわざとらしく私に背を向け、壁のポスターの画鋲《がびょう》を刺し直した。くすんだ壁に留められたポスターには『今日から始めるバレエエクササイズ。あなたはまだまだ変われる！』という文字が躍り、その下で、レオタード姿の梨依紗が微笑んでいた。

第四話　差し水

「槇生ちゃん、聞きたいことがあるんだけど」

　起き抜けに歯を磨いていると、中途半端に開けっぱなしにしていた引き戸の陰から、伊吹が顔を覗かせた。いつになく険しい表情で、プラスチックの洗濯籠を抱えている。

「もしかして、冷蔵庫にあった醬油フィナンシェのこと？　ごめん、夜中にお腹が空いて、全部食べちゃった」

「……フィナンシェのことはいいから、歯磨きが終わったら居間に来て」

　にこりともせず、洗面所から出ていってしまう。とりあえず口をゆすぎ、鏡を見る。唇の端から、歯磨き粉が混ざったよだれが垂れていた。寝ぐせもひどいし、寝間着代わりのTシャツの襟元も伸び切っている。我ながら、最近油断し過ぎかもしれない。

　ざっと顔を洗って居間に行くと、伊吹はものものしい様子で畳に正座していた。

「槇生ちゃん、そこに座りなさい」

「何なの、その口調」

言われた通りに向かい合わせに座ると、伊吹は私の眼前に右手を突き出した。ぐえ、と潰れた蛙《かえる》のような声を上げてしまう。伊吹の手のひらには、くちゃくちゃに潰れた錠剤のシートと、封を切られた粉薬のパッケージが載っている。

「ゴミ箱を漁《あさ》ったわけじゃないよ。洗濯物の中に紛れ込んでた」

「あー……そっか。スカートのポケットに入れたまま、洗濯機に放り込んじゃったかも」

伊吹の手からゴミを奪い、どうやってごまかそうかと考える。身なりの乱れは心の乱れ、という言葉が、今ほど身に染みたことはない。

「何の薬？」

「ただのサプリメントと、えーとほら、アレ、生理痛だよ。生理の鎮痛剤！」

生理生理と連呼すれば気まずさを感じて引き下がるかと思ったが、伊吹は険しい顔のまま「どっち？　錠剤の方？」と追及してくる。

「そう、そっち。昔から二日目が重くてさ」

「じゃあ、こっちの粉薬がサプリメント？　どこの会社の、何に効くサプリ？」

「えーと、なんだっけ、美肌とか、そういうやつ？　梨依紗に貰ったんだよね、お試しで」

適当に誤魔化して立ち上がろうとしたが、ぐっと腕を摑んで引き戻された。

「槇生ちゃん、どこか体の具合が悪いの？　健康診断は定期的に受けてる？　最後に病院に行ったのはいつ？」

ひょろひょろした頼りない体型だと思っていたのに、こうして詰め寄られると圧迫感がある。どちらが病人かわからないほど、伊吹の方が青い顔をしていた。母のことを思い出しているのかもしれない。無理矢理連れていった島の集団検診で病気が分かったときには、すでに手の施しようがない状態だったと聞いている。

「大丈夫だって。美人薄命って言葉もあるじゃん、早死にしそうに見える？」

「前から思ってたけど、槇生ちゃんのそういう自虐、全然面白くない。川添さんや烏丸さんが面白がったとしても、俺は笑えない」

真顔でダメ出しをされる。そこまで言わなくてもいいじゃないか。

「槇生ちゃん、俺、薬の名前、覚えたからね」

「えー、やめようよ、そういうの」

「調べようと思えば調べられる。だけど、そういうことはしたくない。その意味を、よく考えて欲しい」

「校長先生みたいな言い方だな」

「本当に怒るよ」

はいはい、と肩をすくめ、台所に向かう。内心焦っていたが、つとめていつものように、ぬか床を掻き混ぜる。やはり今日も水分量が少なく、ほろほろとしている。こんなときは水気が多い野菜を漬け置いてからぎゅっと搾り、水分を足してやるのが一番だ。そのために昨日、農家のナギさんを訪ねたのだ。

だが野菜室を覗くと、丸々とした四本の茄子《なす》が、忽然《こつぜん》と消えていた。もしやと思いガスコンロに乗った両手鍋の蓋をずらすと、格子状に切れ込みを入れられた茄子が、ししとうと一緒にくったりと煮付けられている。

「……伊吹君、茄子」

「煮びたしが食べたいって言ったのは、槇生ちゃんじゃん」

確かに、いつだったか、茄子は揚げ出しより煮びたしが好みだという話はしたことがあるが。

「使うなら、ひとこと言ってよ」

「……勝手にフィナンシェを食べた人に言われたくない」

険悪な雰囲気の中、もそもそと朝食を済ませ、別々に家を出た。

一緒に暮らし始めて三ヵ月。不思議なほど衝突のなかった私たちは、その日を境に、少しずつぎくしゃくし始めるのだった。

「だから、なんでそんなに頑固なの？　今だって、ぬか漬けもピンチョスも出してるじゃん！　ランチメニューっていったって、そんなに気負わないで、いつも家で食べてるようなもので十分なんだって！」

ぱん、と手の平でまな板を叩く。開店前の店内には、私と伊吹、そして、差し入れのコロッケを届けてくれた梨依紗がいる。梨依紗は、「二人とも、どうしちゃったの？」と不思議そうだ。

「だって、この人がわからずやだから！」

「俺は槇生ちゃんと違って慎重なだけだよ。ちょっと買い出しに行ってくる」

特に買い足すものなどないくせに。声を荒らげる私に対し、あくまで飄々《ひょうひょう》とした態度の伊吹が憎たらしい。

「何なの、あの言い方。腹立つんだけど！」

怒りに任せ、切りかけだったキャベツを高速で千切りにする。最近店は、梨依紗のバレエエクササイズクラスの生徒の口コミで、女性客が増えた。店の開店は六時だが、もう少し営業時間を早めてくれたら、という要望が出ているのだ。

「梨依紗だって、今くらいの時間の方が、自由に出歩けるでしょ」

「そうね、玲音が学校にいる間は、気兼ねなくのんびりできるから」

数時間早く店を開けるくらいなら、いっそランチ営業と夜営業に分けた方が、売り上げが見込めると思うのだ。男性客からも、顔見知りの女性客が増えるとくつろげない、という不満が出ている。棲《す》み分けができるのは、双方にとって都合が良いはずだ。

なのに肝心の伊吹が『俺にはお客さんにお金を払ってもらうようなものは作れない』の一点張りなのである。何か事情があるなら打ち明けてくれたらいいのに。私だって、今はれっきとした従業員なのだ。まぁ、店が忙しくなって手伝う時間が増え、いつまでも失業給付金を貰うわけにはいかなくなっただけだけど。

苛立《いらだ》ちに任せ、厚切り食パンにバターとマスタードをぐいぐい塗りつける。山盛りの千切りキャベツ、ウスターソースを吸わせた差し入れのコロッケ、ぬか漬けタルタルソース、さらにもう一枚食パンを重ね、手のひらでぎゅっと押さえつけてから、包丁を入れる。ザクッ、という食欲をそそる音に、梨依紗が身もだえする。

「どうしよう、太っちゃう……」

「そういうの、もう気にしないんじゃなかったっけ?」

「だけど、私が緩んだ体型だったら、エクササイズクラスの生徒さんにしめしがつかないもん」

なんだかんだ言うわりに、梨依紗は大きな口を開けてコロッケサンドに齧りついた。口いっぱいに頬張り、うっとりと溜息をつく。

「このタルタルソース、ほんとに絶妙……。コロッケとの相性も最高だし、マヨネーズも全然臭みがないのね。もしかして伊吹さんの手作り？」

「前は市販のだったけど、最近よく泡立て器でシャカシャカやってるね。あの人、凝り性だからさ」

「こんなにおいしいものが食べられるなら、私、ランチが始まったら毎日きちゃう」

「だよね、そう思うよね？」

料理に手間暇を惜しまない伊吹が、頑としてランチを始めない理由が、私にはさっぱりわからない。食後の紅茶を飲みながら、ついつい溜息が出てしまう。

「最近、家でもしっくりいかないんだよね。ちょっとしたことで私も苛々《いらいら》しちゃってさ」

「うーん、逆に今までが、不自然にしっくりしすぎだったんじゃない？　別々の人間がひとつ屋根の下で暮らすんだから、ぶつかり合うのが普通。ましてや槇生ちゃんと伊吹さんは、お母さんのお葬式が初対面だったんだから。今まではお互いに気を遣って上手くいってたけど、最近はいい意味で、肩の力が抜けてきたんじゃないかな」

「そうかなぁ。確かに最近、前より伊吹が人間らしく見えてきたけど」

同居を始めたばかりの頃は、親切過ぎて胡散臭かった。あれもある意味、人見知りの裏返しだったのだろうか。

「結婚に限らず、誰かと一緒に暮らしていくって、そういうことだと思うの。今までお互いが培ってきた『普通』と『普通』で、ボロボロになるまで殴り合うっていうか」

「やだなぁ、面倒くさい。じゃあ梨依紗は、日々旦那さんと殴り合ってるの？」

「もう結婚して十年以上経つから、夫とはようやく落ち着いてきたかな。今は姑と殴り合ってる」

「物騒だな」

だが思えば私は、そんなふうに誰かと殴り合ったことなど、一度もなかった。祖母と暮らしていたときはまだ子供だったし、大叔母とひととき暮らしたときは絶対服従で、口答えなど許されなかったから。

「槙生ちゃんだって最近は、伊吹さんへの接し方が変わってきたんじゃない？」

確かに以前に比べて、無駄に刺々《とげとげ》しくなることはなくなった気がするけど。

梨依紗は「頑張って！」とファイティングポーズを作ると、真新しい真っ赤な自転車に乗って、颯爽《さっそう》と帰っていった。

その老婦人が現れたのは、どしゃ降りの夜だった。

「やけくそみたいに降りょるなぁ」と川添がぼやいた瞬間、窓に白い光がちらつく。雷が大の苦手だというマコさんが、怯えたように背中を縮めた。

雷鳴と同時に、カウンター席を照らす照明が、ブン、と虫の羽音のような音をたてて消えた。その瞬間を待っていたかのように、ぎぎぎぎ……とおどろおどろしい音をたててドアが開く。細い暗闇に、二つの目がぬらりと光る。ドアから一番近い席に座っていたご新規さんが、ひっと顔を引き攣《つ》らせた。

店内に灯りが戻り、来店したのが和服姿の年配の女性だとわかる。年齢は烏丸と同じくらいだろうか。艶のある銀色の髪を、潔いベリーショートにしている。タクシーで乗り付けたのか、高価そうな着物はほとんど濡れていなかった。

「いらっしゃいませ、おひとりですか?」

彼女はぎろりと私を睨むと、重々しく頷いた。メニューを一瞥《いちべつ》し、「そしたら、ヘネシーの一番高いボトルを入れてもらおうかね」と言う。初めての客が高額のボトルをおろすことは滅多《めった》にない。三千五百円のセット料金でハウスボトルのウイスキーを飲み放題、というコースが、お試しとしてちょうど良いからだ。

「ふん、リシャールは置いとらんのか」

老婦人は、伊吹が出したボトルを見て不満げに鼻を鳴らした。蔦《つた》の飾り彫りが施された瓶は、私には見慣れないものだ。「ねぇ、それいくら」と小声でたずねると、伊吹は自分の腰の後ろで、一瞬だけ手の平を見せた。五千円……ではないだろうから、五万か。それだって十分高額なのに、そのリシャールとやらがいくらするのか、見当もつかない。

老婦人はぽってりとしたグラスに注《つ》がれたウイスキーを、ワインのテイスティングをするように揺らす。濃い琥珀色の液体を飲みながら、なぜか彼女の視線はずっと、私だけに注がれていた。突き出しのぬか漬けを出すと、「あんたも一杯、飲み」と、にっと笑う。

「すみません、私は下戸《げこ》なので」

「そしたらオレンジジュースでも、何でも好きなもん頼んだらええわ。ちょっとここに座りいや」

巨大な宝石が付いた指輪を嵌めた手で、隣のスツールを叩く。

「うちはスナックなんで、そういう接待はしてません」

「固いこと言わんでもええやん、ええやん」

その辺の酔っ払いジジイより押しが強い。とりあえずグラスを出し、自分用にジンジャーエールを注いだ。

「あんた、本土からきた槇生さんやろ。前のママの娘って話、ほんま？」

「一応、そうですね」

相変わらず個人情報が筒抜けだ。仏頂面で返す私にはお構いなしで、今度は伊吹の方を見て「デキとんか?」とずけずけと聞く。にやけ顔で様子を見ていた川添が、「男と女が一緒に暮らしとって、何もないわけないやんなぁ」と茶々を入れる。どいつもこいつも、好き勝手に言いやがって。ちなみに今朝は、私が裏返しのままに干した靴下を伊吹があてつけがましく引っくり返していたので、ちょっとした口論になった。

「川添さんさぁ、最後に奥さんと一緒に寝たのは、いつよ」

わざと大きな声で問いかけると、川添は喉にぬか漬けがつかえたような顔をした。

「え? 私、変なこと聞きました? 同じことじゃないですか?」

「どしたんや、今日は機嫌悪いな」

「病めるときも健やかなるときも、と誓い合った男女が清い結婚生活を送っていても不自然じゃないのに、なんで何も誓い合ってない私たちが、やいやい言われなきゃいけないんですか?」

老婦人は私たちのやりとりを黙って聞いていたが、やがて、細い喉を反らせて、ほっほっほと高笑いした。

「もうええわ、不躾なこと聞いて悪かったなぁ」

機嫌よく言い、きゅっとブランデーを飲み干すと、胸もとから二つ折りの和紙を出して、唇を押さえる。

「ちょっと飲み過ぎてしもた。手、貸してくれるか」

「先にタクシーをお呼びしましょうか」

「いらんいらん、外で摑まえるわ」

カウンターから出て彼女の傍まで行き、手を差し伸べる。彼女の体は思いのほかふらついていて、はからずも正面から抱き合うような格好になった。これは伊吹の手を借りるべきかも、と思った次の瞬間、彼女の手が、私の腰の後ろに回った。

「ふん、なかなかのもんやなあ」

両手で尻を鷲摑《わしづか》みにされた。あまりのことに、声も出せなかった。酔ったジジイの手ならいくらでも撥《は》ねつけられるのに、相手が老婦人となると、棒立ちのまま固まってしまう。

「安産型やな、これやったら心配ないわ」

老婆はひとしきり私の尻を撫でまわしてから、着物の帯の間に手を入れた。

「うちは、こういう者《もん》や」

差し出された名刺には『九十九《つくも》旅館　大女将《おおおかみ》　九十九藤子《ふじこ》』と記されている。藤の花の透かし彫りが施された、上等そうなものだ。

「あんた、年はなんぼなん」

「三十一ですけど……」

「ふん。まぁ、若いだけの女はいらんし。あんた、うちの息子と結婚せん？」

「は？」

「まずは顔合わせやな。いつやったら空いとんや。なるべくそっちの予定に合わせるわ」

藤子さんは黒い革の手帳を取り出すと、せわしなくページをめくる。達筆で予定が書きこまれたカレンダーを見せつけられ、ようやく我に返った。

「いや、合わせなくていいです。結婚する気、ありませんから」

「おや、うちの馬鹿息子と、同《おんな》じこと言いよるわ。見合いの前から、息ぴったりやん」

「ハァ？」

顔をしかめる私の後ろで、川添とマコさんが「また女狩りが始まった」「島に若い女が越してくるたんびや」「今回は大して若くないけどな」と、ひそひそと囁くのが聞こえた。

川添は扇で首許を扇ぎながら、「いっぺんくらい、会ってみたらよろしいやん」などと言う。

「あの女将は、敵に回したらおっかないで」

「そやそや、逆らったら、店ごとお取りつぶしや」

すかさずナギさんとマコさんが乗っかる。そんなアホな、江戸時代か。

私のしかめっ面を肴に、三人は上機嫌でぬか漬けピンチョスを摘まむ。

「あそこのボンボン、今なんぼや。若旦那ちゅうても、もう五十は過ぎとるよな？」

「昔は派手に遊んどったなぁ。綺麗なお姉ちゃんたちが、しょっちゅうフェリーで遊びにきとったわ。最近は、とんと浮いた噂を聞かんけどな」

「そやから女将が、なんとか跡取りを作らそうと、躍起になっとんやろ」

聞けば聞くほど胡散臭い話だ。藤子さんは島一番の老舗旅館の大女将なのだという。目下の気がかりは、一人息子の若旦那がいつまでたっても身を固めないことらしい。

今夜も藤子さんは、閉店間際にやってくる。淡いブルーの縞《しま》の着物に同系色の帯を締め、ちょこんとスツールに座る様子が可愛らしい。黙っていれば、の話だが。

「どや、結婚する気になったか」

なるか。聞こえなかったふりで、ヘネシーのボトルとブランデーグラスを用意する。

店は私と伊吹、藤子さんの三人だけだ。藤子さんは突き出しのぬか漬けを口に運び、頰をほころばせた。

「これは何や？　甘味があって、おいしいなぁ」

「レーズンのぬか漬けです。フルーツ系がお好みですか？」

「そやなあ、でもそれよりも――」

「見合いはしません。何度も言いましたけど、私、結婚なんかしてる場合じゃないので」

「あんたなあ、そんなんじゃいかんわ。うちに新しいボトルを入れさすまで、上手いこと気を持たせんと」

私の隣で、したり顔で頷く伊吹が憎たらしい。肘で脇腹を突いてやったが、伊吹は素知らぬ顔で「ピンチョスはいかがですか？」と藤子さんにメニューを差し出す。

「そやな、そんでもやっぱり、み」

「だから、見合いはしませんって！」

藤子さんが息を飲む。まずい、邪険にし過ぎたか、と焦っていると、藤子さんが突然、着物の胸元を押さえて呻き出した。

「み、み、水……」

「ええっ、ちょっと、大丈夫ですかっ!?　伊吹君、水！　それと救急車！」

「いやや！　医者には行かん！」

藤子さんがカッと目を剝き、嚙みつくように叫んだ。

「うちの旦那は、病院で医者に殺されたんや！　救急車になんぞ死んでも乗らん！　あんなもん乗るくらいなら、ここで死んだ方がましや！」

「縁起でもないことを言わないでくださいっ」

カウンターから飛び出し、藤子さんの背中をさする。慌てる私に対し、伊吹はしらっとした態度である。「息子さんに電話しましたよ」などと言うので、仰天した。

「伊吹君、電話番号知ってるの⁉」

「一応ね」

藤子さんは「ふん、そか」と言うが早いか、優雅にスツールに座り直す。まさかの仮病だ。なんという、人騒がせなババアだ。

「ちなみに藤子さんの旦那さん、まだお元気だから」

わなわなと唇を震わせる私に、伊吹は追い打ちをかけるように言う。

「知っとったか。今は神戸の高級介護施設におるんや。もう女房の顔もわからんけど、体の方はぴんぴんしとる」

「お元気そうで、何よりです」

「ふざけないでよ！　あんたたち、前から知り合いなの⁉」

「この子がまだ、ほんの小さい頃に、何度か会ったことがあるくらいや。あの痩せっぽちのひょろひょろ坊主が、こんな男前になるなんてなぁ」

藤子さんがしみじみと呟いたところで、ドアベルが揺れた。ワイシャツに法被《はっぴ》を羽織った男性が「なんや、やっぱり仮病やんか」と苦笑する。

「すんませんね、うちのバアサンが」

ほんとだよ、と言うわけにもいかず、「いえ」と短く返す。

彼は伊吹に向かって片手を上げ、「イブキン、久しぶり」と笑う。対する伊吹は、無表情だ。いつも全方位に愛想の良い伊吹にしては珍しい。

「佐智生《さちお》、あんた車できたん？」

「そりゃそうやろ、万が一、仮病じゃなかったら困るしな」

「うちはタクシーを拾うから、あんたは代行で帰ってきなさい。ほなあとは若いお二人で」

藤子さんは艶然と微笑むと、危なげない足取りで去って行った。残された若旦那・佐智生さんと私は、カウンターを挟んで所在なく見つめ合う。

「何か飲まれますか？」

「どうしようかな……代行を呼ぶのも面倒だし、烏龍茶《ウーロンちゃ》にしようかな」

年齢は五十前後と聞いていたが、想像よりもずっと落ち着いた印象だった。むしろ年齢のわりに枯れ過ぎている気もする。もっと暑苦しい、脂ぎったタイプだと思っていた。

佐智生さんはカウンターに肘をつき、じっと私を見つめている。痩せている割に妙に目力が強いところが、藤子さんに似ている。白髪交じりの下がり眉といい、顔が皺くちゃになる笑い方といい、見た目だけなら結構好みだ。

「あなたが槇生さんですか。うちのバアサンが、えらい迷惑をおかけして……今回は特にあきらめが悪くてね」

「ハア」

「ひと目惚《めぼ》れかな」

「え？」

「バアサンがあなたに」

そっちか。トングで挟んだ氷を取り落としてしまったじゃないか。柄にもなく、どぎまぎした。

「槇生さん、釣りはお好きですか。よかったらお店が休みの日にでも、付き合ってくれませんか」

「釣り、ですか……」

ここのところ、新しい薬のおかげで体調が落ち着いてはいるが、アウトドアは不安だ。医者にも、くれぐれも無理をしないようにと言われている。

戸惑う私の横から伊吹が「槇生ちゃんを変なことに巻き込まないでくれる？」と口

を挟む。ずいぶん刺々しい口調だ。

「けどなぁ、うちのバアサン、俺が一回ちゃんと断られないと納得せんと思うんよ」

「それはそっちの都合だよね」

「そこを何とか。長い付き合いやんか」

顔の前で手を合わせる佐智生さんに、気が付けば「いいですよ」と答えていた。伊吹が眉間に皺を寄せる。

とりあえず連絡先を交換し、佐智生さんは帰っていった。残り物で夜食を済ませて店を閉め、いつものように二人で海沿いの道を歩いた。伊吹はずっと不機嫌だった。というよりも、不機嫌を露《あら》わにしていた。

「槙生ちゃん、あんなに嫌がってたのに、どういう風の吹き回し？」

「会ってみたら、結構タイプだっただけ」

伊吹の足が止まる。

「私、あんなふうに笑顔が情けない感じの男に弱いんだよね」

「あのさ、槙生ちゃん」

「何よ」

「……いや、やっぱりいいや」

それきりお互い無言で家まで歩き、早めに各自の寝室に入った。同居人と職場が同じというのは、ときに息苦しいものだ。始終一緒にいるので、ぎくしゃくしているときは逃げ場がない。

暗闇の中、スマホが新着メッセージの受信を知らせる。佐智生さんからだ。お見合いは明後日の水曜、車で家の前まで迎えに来てくれるという。メッセージを読みながら、すでに出掛けることが億劫《おっくう》になっている自分に気付く。売り言葉に買い言葉というか、伊吹の鼻を明かしたい気持ちだけで、勢いのままに承諾してしまった。

私も、おそらく佐智生さんも、結婚の意志などない。不毛極まりないお見合いである。伊吹のことを説教親父《おやじ》だ校長先生だと小馬鹿にしながら、私の方こそ、反抗期の中学生みたいだ。

齢《よわい》三十一にして、私は初めてオープンカーというものに乗った。アロハシャツ姿の佐智生さんが派手なスポーツカーで現れたときはぎょっとしたが、途中のドラッグストアで車を停《と》め、「コンビニで買うより、こっちの方が安いもんなぁ」とペットボトルの飲み物を買い込む様子には親しみが感じられ、ほっとした。

いつもはバスの車窓から眺める海を、バスよりもずっと速い車の助手席から眺める。瀬戸内の海は波が穏やかなせいか、夏の日射しを眩しいほどに反射している。

「槇生さんは、ひととおり島は回ってみたんか?」

「家と店の周りを散歩がてら歩くのと、土庄のハローワークに何度か通ったくらいですね」

「ほんなら、エンジェルロードなんかは行ったことないんやな」

佐智生さんは信号で車を停め、海の向こうを指差した。大小異なる島が四つ浮かんでいる。

「朝と夕方の二回だけ、潮が引いたときに、あの島を繋ぐ道ができるんや。天使の散歩道、ちゅうて。大切な人と一緒に歩いたら願いが叶《かな》う、天使が舞い降りて祝福してくれる、なんてな」

「へぇ」

「最初は島の人間が潮干狩りに使っとったんやけどね。大昔に隠れキリシタンの男女が島で逢引きしたとかいう噂もあって、すっかり恋人の聖地になってしもうたな」

信号が青に代わり、心地よい加速を体に感じる。潮風に乱れる髪を押さえ、私は波間に浮かぶ島を見つめた。早朝と夕暮れどき、太陽の光が溶け込んだ金色の海が二つに分かれ、白い砂の道が現れる様子を思い浮かべる。天使が舞い降りてもおかしくない、神秘的な光景だ。

「天使かー。会えるものなら、会ってみたいですね」

「そういうの、信じる方なん？」

佐智生さんが意外そうな顔をする。確かに以前の私なら、観光客誘致目当ての見え透いた戦略だと、鼻で笑っていたかもしれない。

「大切な人って、恋人じゃなくても大丈夫ですかね」

「どやろなぁ。なんか願い事でもあるんか？」

「ないこともない、というか……」

言葉を濁す私を、佐智生さんはそれ以上追及しなかった。

車が土庄町に近づくと、視界に飛び込んでくる情報量が一気に増す。コンビニやファミレスにドラッグストア、チェーンの飲食店や紳士服量販店の看板などがひっきりなしに出現し、スーツケースを引いた旅行者や、外国人観光客の姿も目立つ。「あっちが、うちの旅館や」と佐智生さんが示す先を見ると、高台に豪奢《ごうしゃ》な白亜のホテルが見える。古めかしい旅館を想像していたが、藤子さんが女将を継いだときに建て直したのだという。あの場所なら、部屋からの見晴らしが最高だろう。

「はー、随分でっかい玉の輿《こし》ですねー」

「君がそれを言うたらいかんやろ」

佐智生さんは笑いながら、「バブルの一番いい時期に建てたもんやから、立派なのは見た目だけ」と肩をすくめる。

土庄港の駐車場に車を停め、私たちは折り畳み椅子と釣り竿を抱えて波止場に向かった。手持ちの服の中で一番くたびれていないシャツワンピースを着てきたが、佐智生さんに渡された日除《ひよ》けの帽子を被ると、全く見合いにそぐわない格好になった。前半分が麦わら、後ろがスカーフ素材で、肩下までを覆う仕様である。対する佐智生さんは、麦わら帽子にアロハシャツ、ジーンズの裾を切り落としたハーフパンツという、年を食った小学生のような出で立《いた》ちだ。

「さっきから、すごく見られてますね」

「そういう土地柄なもんで」

海に向かって伸びる一本道のような場所に座っている私たちは、通行人に丸見えだ。老いも若きも、遠巻きにではあるが遠慮なく眺めまわしてくる。

「佐智生さんは、釣りが好きなんですか」

「好きというか、便利なんよ。大の大人がぼんやり海を眺めとったら、あれこれ詮索されて面倒ですやん。だけど釣り糸を垂らしとったら、ああ、あのボンクラ若旦那が、また呑気に釣りをしよる、いい気なもんやって、放っておいてもらえるでしょう」

「なるほど」

いわれてみれば私も昔、同じようなことをしていた。前に働いていた冷凍食品の製造工場では、低温の作業場での体への負担を減らすため、長い休憩が義務付けられていた。私はいつも、休憩室の片隅で文庫本を広げていた。そうすることで、わずらわしい人付き合いから逃げられたから。

「おすすめは『罪と罰』とか『なしくずしの死』とか、話しかけるのを躊躇《ちゆうちよ》するようなタイトルを選ぶことですね」

「確かに、声を掛けづらいな」

「なんでか『人間失格』は逆効果でしたけど」

「そりゃいかん。むしろ、おっさんホイホイやったろ」

　重々しく頷く私を見て、佐智生さんは笑いながら竿を組み立てる。釣り針に付ける餌だろうか、焼きそばを入れるビニールパックのようなものに、非常にグロテスクなものがうごめいているのが見えたが、気にしないことにした。

「うちのバアサンは、槇生さんは口が達者で客あしらいが上手いと言っとったけどね。ほんまは、人と話すのが好きじゃない？　そっちが本当の槇生さん？」

「どうかなぁ。白状すると私、移住デビューなんですよね。他に行く当てがなくて、必死……というか、ヤケクソだったんです。自分のことを、強引で物怖《ものお》じしないサバサバした女、みたいにキャラ付けして、無理矢理伊吹君のところに押しかけて」

　昔の私を知る人が島のスナックを訪れたら、きっと驚くだろう。

「そうこうするうちに、どっちが本物の自分か、わからなくなったというか……私、自分を見失ってるのかな」

「あるいは、やっと見つかった、ちゅうことかもなぁ」

「佐智生さんは、お坊さんみたいなことを言いますね」

「そう？　煩悩《ぼんのう》まみれのオヤジやけどね」

佐智生さんは顔を皺くちゃにして笑い、釣り糸を海に垂らした。

「結局、自分のことが一番わからんよね。目をつむったって隅々まで見えてしまうから、わかったふりができんのやな。みんな、どうやって折り合いを付けとんやろ」

「折り合い、付きませんか」

「付かんねぇ。脛齧《すねかじ》りのぼんくらが贅沢《ぜいたく》な、と思われそやけど、ずっといい加減な男で居続ける、ちゅうのも、案外しんどいもんなんよ。伊吹に聞かれたら、シバかれそうやけどな」

佐智生さんの釣り竿の先が、くいくいと動く。慣れた手つきでリールを巻き上げるも、針に付けた餌がなくなっているだけだった。「いかん、逃げられた」と、さして残念でもなさそうに言う。

「佐智生さんは伊吹君と、昔からの知り合いなんですか？」

「初めて会《お》うたのは、伊吹がまだ小学生の頃やな。あいつ、夏休みや冬休みのたびに、島の親戚のとこに遊びにきとったんよ。伊吹の父親の弟で、湊《みなと》っていうんやけど。あのスナックは、もともとは湊がオーナーのビストロやったんや」

スナックらしからぬ店構えや、充実した厨房設備は、そういうわけだったのか。

湊さんは六年前、旅行先のイタリアで、古い橋の崩落事故に巻き込まれて亡くなったらしい。独り身で子供がいなかったこともあり、甥《おい》の伊吹が店を相続することになったのだ。

佐智生さんは麦わら帽の角度を調節するように動かし、「伊吹のやつ、何も話してないのやね」と苦笑する。白く照り付ける太陽が、アスファルトの上に切り絵のような影を作っている。

「じゃあ佐智生さんは、湊さんと親しかったんですね」

「……あー、そやね。神戸の大学の同期で、長い付き合いやったから。仲良しなときもありゃ、そうやないときもあったけどな」

湊さんは在学中からホテルの厨房でアルバイトをし、次第に料理の道にのめり込み、学校を中退しイタリアに留学したのだという。佐智生さんが湊さんに再会したのは、この島で、旅館の跡取りとして働き始めたときだった。

「ふらりと遊びに来て、そのまま島が気に入って居着いてしもたんですわ。あの場所で店を始めて、俺も自分の旅館をそっちのけで、店に入り浸ってね。旅館の跡取りでおるよりも、ビストロの下働きでおった方が、気が楽やったもんで」

湊さんの店は、イタリアで修業をしたオーナーシェフの隠れ家ビストロと評判になり、神戸や東京からわざわざ足を運ぶ客も多かったらしい。そんな湊さんに伊吹は憧れ、高校を出たあとすぐに、湊さんに紹介されたレストランで修業を始めたのだという。

「そんでもそこで、いろいろあったんやろな。二年くらいで店を辞めて、連絡が取れんようになってしもてな。湊もずっと心配しとった。いつか伊吹に、店を継がせる気でおったんやろな」

伊吹と前のオーナーシェフとの間には、私の想像以上に深い繋がりがあったのだ。店で料理を出したがらないのは、そのことに関係があるのかもしれない。

考え込む私の横で、佐智生さんは再びリールを巻き上げる。また食い逃げされていた。「いかんなぁ、今日はボウズや」と笑う。

「槙生さんは、今日は伊吹の話を聞きにきたんやろ。俺にも結婚にも旅館にも、全く興味がなさそうやもんな」

「それほどでもないですけど」

「うちのバアサンの我儘に付き合わせて、ほんま申し訳ない。伊吹にも、出掛ける前に文句を言われたやろ」

「これみよがしに仏頂面はしてましたけど。伊吹君、佐智生さんに対してだけは、妙に当たりがきついですよね。子供の頃から知り合いだから、親しみの裏返しかな」

「あー、それはなぁ……」

佐智生さんは言葉を濁し、釣り竿の先を見つめた。やがて、困ったように顎を掻きながら、上目遣いに私を見る。

「えーと、まず、俺が結婚せんのは独身主義とか遊び人とかいうことやなく、女の人に対して、そういう気持ちが起こらん、ちゅうことなんですわ」

「え？」

「湊と仲良しだった、ちゅうのは、つまり、そういうことです」

しばらくはそのまま二人、ぴくりとも波立たない水面《みなも》を眺めていた。

「うちのスナックのお客さんは、佐智生さんのことを、若い女の子に目がない遊び人だとか、噂してましたけど……」

「若い頃は何回か、もしかしたらいけるんちゃうか、と試してみたこともあったんよ。いま思えば、男と真剣に付き合うのが怖かったんやろな。湊とも、くっついたり離れたりを繰り返しとった。伊吹は、俺のそういう、いい加減なところが嫌いなんや」

ああ、それでか、と、ようやく腑に落ちる。

「私、昨日伊吹君に、佐智生さんのことを結構タイプって言っちゃったんですよね」

「ほんま？　あいつ、どんな顔しとった？」

「可哀そうな子を見る目をしてました。むかつくなぁ」

佐智生さんは、ハハ、と歯を見せて笑った。腹が立ちつつも、私もつられて笑ってしまった。

「藤子さんは知ってるんですか」

「察してはいるやろね。だから、あそこまでなりふり構わず躍起になるのやろ」

うちの店のカウンターで、ブランデーグラスを揺らす姿を思い出す。

私は藤子さんが苦手だ。佐智生さんのことを放蕩《ほうとう》息子だと罵る口調が、私の祖母を思い出させるから。苦々しげではあっても、そこにはいつも、隠し切れない愛《いと》おしさが滲んでいた。最終的に母を勘当するまで——いや、そのあともずっと、祖母は母のことを気に掛けていた。

「藤子さんの目には、佐智生さんが小さい男の子に見えているんでしょうね」

「こんな髭面《ひげづら》のおっさんやのにな。旅館の跡目がどうこういうより、不甲斐《ふがい》ない息子が心配なんやろね。母親って偉いよなぁ。いくつになっても、我が子は自分が守らないかんと必死になるんやから」

きっと藤子さんも祖母も、自分が考える精一杯の幸せを、我が子に贈りたいだけなのだ。ままならないなぁ、と溜息が洩れる。

「俺も、女が絶対いかんわけでもないし、結婚したらしたで、それなりに暮らしていけるんやろけどね」

「そうですか？」

「あんだけ惚れてた男が死んだあとも、ヘラヘラ呑気に暮らしとんやから、そうなんちゃう？」

伊吹も佐智生さんも、一緒にいるとよく笑う。恋人を失った二人の佇まいがどこか似ていると思うのは、感傷的過ぎるだろうか。

結局一匹も釣れぬまま、私たちは波止場を後にした。出掛ける前に日焼け止めを塗り込んだのに、腕がほんのりひりひりした。二人ともすっかり魚を食べたい気分になっていて、港の市場で刺身を買って帰ったのが、なんだか笑えた。

「そか、あんたも、あかんかったか……。無理言うて、すまんかったな」

藤子さんはスツールにちんまりと座り、別人のように萎れた態度で言う。元気づけるためにサービスしたぬか漬けピンチョスを摘まみながら、「時代やなぁ」と、弱々しい溜息をつく。

「私ら年寄りは、ぬか床に果物を突っ込もうなんて発想がないわ」

「お口に合いませんかね」

藤子さんはむっつりと口をつぐみ、だが結局、ピンチョスを五本もたいらげた。干しあんずとチーズのぬか漬けが、特に気に入ったらしい。そのせいか今日は、いつも以上にブランデーが進んだ。「なあ、聞いとんのか！」と声を張り上げスツールから身を乗り出すので、転げ落ちやしないかとハラハラした。少々元気にさせ過ぎてしまった。

「あんたら若い者は、マスコミに踊らされ過ぎや！　何でも自由に選べる時代、なんていうてもな、あとで必ずツケが回ってくるんや。利子付きの借金みたいなもんや！」

「えー、怖いことを言わないでくださいよ」

「あんたも、うちのボンクラも、ちっともわかっとらん！　昔から、うちの手を振り払って、どんどん好きな方、好きな方へと歩いて行きよって！　子供の姿を見失ったときの母親の気持ちが、あんたらに、わかるか？　ひどい目に遭《お》うとんかもしれん、心細くて泣いとんかもしれんと考えたら、生きた心地がせんのやで。迷子になった佐智生を探して、うちが何べん島を駆けまわったかっ」

ろれつの怪しい口調で怒鳴ると、藤子さんはカウンターに頬杖をついた。

「ほんまは、佐智生が死ぬまで、うちがいつまでも、迎えに行ってやれたらいいのやけどな……」

痩せた肩からショールがずり落ちる。独り言のような呟きに、私も伊吹も、胸を突かれた。藤子さんはそのままカウンターにうつ伏せになり、小さな寝息を立て始めた。

「どうする？　伊吹君、抱っこしてタクシーまで運べそう？」

「うーん、自信ないな……。少し様子を見ようか」

「弱」

「何か言った？」

結局、閉店時間になっても藤子さんは目を覚まさなかった。ドアの外にクローズドのプレートを掛け、レジで会計作業をする。最近少しずつ慣れてきた帳簿付けの作業に集中していると、ご飯の炊ける香りが漂ってくる。

レジを閉めてカウンターを覗き込むと、伊吹がマナガツオを角切りにしていた。私が市場で買ってきたものだ。残り物のアボカドのぬか漬けも刻み、レーズンのぬか漬け数粒を、さらに細かい微塵《みじん》切りにする。

「マナガツオとアボカドのタルタル。前のオーナーシェフの得意料理だったんだよね」

「湊さんの？」

「そう。佐智生さんから、いろいろ聞いた？　あの人、口が軽くていい加減だから」

相変わらず辛らつだが、口調の端々に親しみが滲んでいるような気がした。

「俺は、別に勿体ぶってたわけでも、槙生ちゃんを信頼してないわけでもないんだよ。

俺が上京してから楓さんと会うまでのことは、黒歴史というか、恰好悪《かっこわる》すぎてさ」

湊さんに憧れた伊吹は、大学進学を勧める両親に逆らい、東京のレストランで修業を始めた。そこで先輩から、執拗《しつよう》ないじめを受けたらしい。

「ろくな仕事を回してもらえなくて、後輩にもどんどん追い抜かれるし、何を作っても不味《まず》いとしか言われなくて、だんだん料理の味がわからなくなっちゃってさ。一応病院には行ったけど、精神的なものだろうって」

味覚障害は一時的なものだったが、まだ十代の伊吹にとって、その出来事は大きな痛手となった。子供の頃からの夢を手放し、店を辞めて寮を出た。未成年で住所不定、新しい仕事も決まらない悪循環から抜け出すために夜の街に飛び込み、新宿のクラブで母に出会うまで、随分荒《すさ》んだ暮らしをしていたらしい。あまり想像できないけど。

「それから二人でいろんな店を転々として、楓さんが町田のスナックで雇われママをしてたときに、叔父さんの事故のことを知ったんだよね。紹介して貰った店を勝手に辞めたことを、いつかちゃんと謝りたいと思ってたのに、遅すぎた」

伊吹は淡々と語りながら、カットした食材をボウルに入れる。オリーブオイルや塩を振り、途中、何度も味を確かめた。記憶の引き出しを探り、懐かしい味を思い出そうとしているかのようだった。

「お店を相続したとき、ビストロじゃなくてスナックにしたのは、味覚障害のことがあったから？」

「それもあるけど、一番はやっぱり、後ろめたかったからかな。昔から叔父さんに『俺を唸らせるような飯を作ったら、店を継がせてやるよ』って言われてたんだ。でも結局、生きてるうちに合格点をもらえなかったからさ」

冷蔵庫の扉に貼りつけたキッチンタイマーが鳴る。蒸らし終わった土鍋ご飯の蓋を取ると、ほっこりとした湯気が溢れる。

「伊吹君、これ何合？　多くない？」

「三人分だから、それでいいんだよ」

「藤子さん？　ピンチョスをおかわりしてたから、食べられるかな」

伊吹が答える前に、店のドアが遠慮がちに開いた。佐智生さんが、申し訳なさそうに顔を覗かせている。

「妙に遅いと思うたら、寝てしもたんか。ほんま、迷惑かけてすんませんね」

佐智生さんは、カウンターにちんまりとうつ伏せる藤子さんの肩に手を掛け、「バアサン、帰るで」と優しくゆする。伊吹は棚から賄い用の丼を取り出し、炊き立ての白米をよそった。

「佐智生さん、飯、食べた？　まだなら、食べてけば」

「……ええのか？」

佐智生さんは戸惑ったように目をしばたたかせた。伊吹は素っ気なく「痩せすぎだよ」と言い、丼と箸をカウンターに置く。少し冷ましたご飯の上に、マナガツオとアボカドのタルタル、紫蘇《しそ》の花とあさつきが、彩りよく盛り付けられている。

「ビストロではガーリックトーストを添えて出してたけど、あなたはいつも、そうやって食べてたよね」

丼を見つめたまま立ち尽くす佐智生さんに、伊吹は「冷めるから、早く食べなよ」と、少しだけ笑った。

静まり返った店内に、藤子さんの寝息と、佐智生さんが箸を使う音だけが聞こえていた。不意に、箸と箸置きがぶつかる音が響いた。佐智生さんがカウンターに肘をつき、手のひらで目許を覆うようにして俯いていた。あわてて目を逸《そ》らす。

「ちょっと伊吹君、お茶っ葉が切れてるじゃん!」

「ええっ、ほんとに? 確かほうじ茶のストックが、その辺にあったはずだけど」

私たちはカウンターの奥でしゃがみ込み、足許の戸棚から、要りもしないお茶の葉のストックを、長い時間かけて探した。

切れ切れの嗚咽に、次第に別のものが混ざり、佐智生さんはとうとう「ダメや、君ら、わざとらし過ぎるわ」と肩を揺らして笑った。それでも、佐智生さんの目は真っ赤だった。

佐智生さんは時間をかけて、最後の米粒ひとつまで、嚙み締めるように食べていた。空になった丼を前に手を合わせ、「うまかった。ごちそうさん」と掠れた声で呟く。

「叔父さんにも合格点を貰えるかな」

「あいつなら、俺よりうまいもんを作るな、って言うやろな」

それからほどなく、藤子さんは目を覚まし、佐智生さんに抱きかかえられるようにして帰っていった。

私と伊吹は、二人きりになった店内で、マナガツオとアボカドのタルタル丼を食べた。ぬか漬けにしたアボカドの塩気と酸味、まろやかさ。ときどき感じるレーズンの甘酸っぱさと岩塩のおかげで、醬油を垂らさなくてもカツオの生臭さが気にならなかった。

「ねぇ、どうして佐智生さんに、料理を出そうと思ったの？」

伊吹はスマホを取り出し、画像フォルダを開く。

「ずっと前の携帯から移したデータだから、画質が悪いけど」

写っていたのは、この店のカウンターに立つコックコート姿の男性だ。隣には、黒いシャツを着た日焼けした男性が立っている。

「俺が高校の頃かな。多分、最後に叔父さんと会ったときに撮った写真」

「へぇ……どことなく、伊吹に似てるね」

「そうかな。で、こっちが佐智生さん」

「え？　嘘でしょ？」

スマホに顔を近付け、もう一度じっくりと確認する。短く刈った頭にサングラスを載せ、いかにも軽薄そうな雰囲気を醸し出している。薄手のシャツが、みっしりと鍛えられた体のラインを際立たせていた。

「パツパツで、ギラギラじゃん。今と真逆だね」

「昔はこういう、暑苦しい感じだったんだよ」

「片鱗《へんりん》もないね」

「久しぶりに会って、あんなふうにしょぼくれてる姿を見せられたら、なんか、ね」

「元気になって欲しいと思った？」

「……まあ、そんなとこ」

二人並んで温かいお茶に息を吹きかけていると、最近のぎくしゃくした空気が、ゆっくりとほどけてゆく気がした。

「槇生ちゃん、ランチ、始めようか」

「待ってました」

嬉しさを噛み殺し、伊吹の腰の後ろを手の平で叩く。飲みかけのお茶が伊吹のシャツに降りかかり、私たちは慌てて布巾を探した。

第五話　虫よけに唐辛子

「米ぬかなら、うちで毎日精米してるから、あげるよ」

「ほんとに？」

ホーロー容器が並んだ棚を覗き込んでいた梨依紗が、目を輝かせて私を振り返る。

今日は梨依紗と陽菜の三人で、ホームセンターに買い物にきている。

「最近、伊吹が精米機を買ったんだよね。炊飯器みたいな小さいやつ」

「そういえば、ランチのご飯がすごくおいしいなって思ってた！　精米したてだと、やっぱり味が違うのね」

正直私には違いがわからないが、『これ、どこのブランド米？』と訊ねる客も多い。

「でも生ぬかから発酵させるって、面倒だよ。私のぬか床を分けようか？」

「いいの、いちから始めたいの」

梨依紗は迷った末に、一番大きなサイズの角形のホーロー容器を選んだ。五人分のぬか漬けを十分に漬けられる大容量のものだ。同居している姑と舅《しゅうと》も、漬物が好きなのだという。

「お姑さんと和解したの？」

「全然。うちの姑、基本的に私が台所に入るのを嫌がるの。だから槇生ちゃん直伝《じきでん》のぬか漬けを食べさせて、おいしさでぶん殴ってやろうと思って」

「梨依紗って、ほんとにタフだよね」

陽菜はホーロー容器ではなく、食品用のプラスチックバッグを買った。ファスナー付きでマチが広いものを選べば、お手軽に始められる。

「槇生ちゃん、生ぬかのほかには、何を用意すればいい？」

「昆布《こんぶ》とか鰹節《かつおぶし》とか、味噌汁の出汁《だし》に使うようなもので大丈夫だよ。干し椎茸とか、山椒《さんしょう》を入れる人もいるみたい」

買い物を済ませ、丘の上のオリーブ公園まで三人で歩いた。私と梨依紗が話しているあいだ、陽菜はずっと浮かない顔で言葉少なだった。

オリーブの葉がそよぐ園内では、白い風車が潮風を受け、ゆるやかに回っていた。その傍では旅行者らしき女の子たちが、箒《ほうき》に跨《また》がってぴょんぴょんとジャンプしている。

「あの子たち、なにしてんの？　空飛ぶ練習？」

「槇生ちゃん、知らないの？　この島は、映画のロケ地としても有名なのよ。魔女の女の子のアニメを実写化した……」

「ああ、なるほど」

聞けば、映画の中に出てくるベーカリーのセットも園内にあるという。ベンチに座り、売店で買ったオリーブ色のソフトクリームを舐めていると、それまで黙っていた陽菜が「いいなぁ、魔女はひとりだちできて」と、ぽつりと呟いた。怪訝な顔をする私に、「魔女は、十三歳になったら自分が生まれ育った街を出て、新しい街で一年間修業するんです」と言う。

「私なんか、もう十六歳なのになぁ……」

もう十六歳、という強烈なフレーズに、思わず梨依紗と顔を見合わせてしまう。

「陽菜は、島を出たいの？」

「そうじゃないけど……うちのママ、過干渉でうんざりするんです。今朝だって出掛ける準備をしてたら、誰とどこに行くのか、何時に帰ってくるのかって、しつこくて。最近は、隙あらば勝手にスマホを見ようとするし」

陽菜は、高松で働く父親とのラインのやりとりを、母親に勝手に見られたことに憤慨しているらしい。

「夏休みに泊まりにおいでって言われて、私も、タイミングを見てママに話そうとしてたんですけど……勝手にスマホを見て、自分に内緒でこんなやりとりをするなら、もうパパとは連絡させせないって激怒して。おかしくないですか?」

陽菜は鼻息も荒くソフトクリームの先端にかぶりついた。真夏の日射しに溶かされたクリームは、すぐにコーンカップから滴り落ちそうになる。

「私だって、今更パパとママにやり直して欲しいと思うほど、子供じゃないですよ。私のためだけに二人が我慢するのも、違うと思うし。そこまでされると、逆に重いっていうか、二人の人生にそこまで責任持てないっていうか」

「あんた、面白いことを言うね」

口の周りにソフトクリームをつけながら熱弁する陽菜を、まじまじと見つめてしまう。だが梨依紗は、陽菜の反対隣で「わかる」と深く頷いた。

「『あのとき、あなたのために我慢したのよ』とか言われて、交渉のカードみたいにちらつかされると、本当に腹が立つのよね」

「そうなんですよ! そう言われると、こっちとしても『頼んでないけど!』って言い返したくなっちゃうじゃないですか! あとあとグチグチ言うなら、我慢するなよって思います」

「君たち、言うねぇ」

手を取り合って意気投合する二人に、呆気に取られる。

「槇生さんはお母さんに対して、そういう気持ちになったことはないんですか?」

「いやー、うちの母親は、我慢とは無縁だから」

　試しに、古き良き昭和のおっかさん然とした割烹着姿の母が『あなたのために歌手の夢を諦めたんだから』と溜息をつく姿を想像してみたが、現実と掛け離れ過ぎていて、感情が追い着かなかった。

「最近のママ、パパの悪口ばっかりでうんざりしちゃう。ママは離婚して他人になったけど、パパは一生、私のパパなのに」

　泣き出しそうな顔で呟く陽菜の隣で、梨依紗が「そうねぇ」と唇を尖らせる。

「お母さんは、お父さんを嫌いになったわけじゃなくて、陽菜ちゃんのことが大好きなだけじゃない？　陽菜ちゃんがお父さんと仲良しだから、やきもち妬《や》いてるのよ」

「え、そういう話？」

　あまりにも斜め上の回答に、ぎょっとする。

「そういう話でしょう。陽菜ちゃんがパパに取られるんじゃないかと思って、不安なのよ」

　梨依紗は小さなスプーンでソフトクリームを掬《すく》いながら、当然とでも言いたげな顔をする。陽菜はまんざらでもなさそうに頬を赤らめた。

「そんなの、子供みたいじゃないですか」

「子供よー。上手に愛情表現できなくて、好きな子に意地悪しちゃう小学生と一緒。

私だって、最近玲音がパパとばっかり仲良くしてるから、やきもち妬いちゃうもん。そういうときはちゃんと言葉にして、ママ大好きって言ってあげればいいのよ。スキンシップなんかも効果的ね」

「えー、できるかなぁ」

盛り上がる二人を、ぼんやりと眺める。「槇生さん、アイス溶けてますよ」と陽菜に指摘されて、慌ててコーンカップの縁を舐めた。梨依紗も訝しげに私を見つめている。

「槇生ちゃん、どうしたの？　さっきから無口ね」

「うーん、あまり言えることがないんだよね。私にとって母親は、たまに会う親戚のおばさんみたいなものだったから」

同情的な顔になる二人に、慌てて「そもそも、全然似てないし」とおどけてみせる。

梨依紗はじっと私を見つめてから、「そうかな」と首を傾げた。

「槇生ちゃんのママのことは、私は遠目に見かけるくらいだったけど、似てると思う。体型とか骨格とか。歩き方なんかも、すごく似てる」

「私も、槇生さんがうちの店の行列に並んでるのを見たとき、あの人かと思いました。雰囲気っていうか、肌の感じとか、声とかも――」

押し黙る私を見て、二人は不安そうな顔をした。

「……槇生ちゃん、もしかして怒ってる？」

「全然。ソフトクリームが歯にしみただけ」

口角を上げて笑顔を作り、立ち上がる。

「そろそろ帰るね。洗濯物を取りこんで、ランチの準備をしなきゃ。梨依紗、生ぬか、いつ取りに来る？」

「えっと、来週水曜のランチの時間でも大丈夫？」

「了解。陽菜も、寄れそうな日があったら連絡して」

「わ、わかりました。ありがとうございます」

少し歩いて振り返り、大きく手を振ってみる。二人とも手を振り返してくれたものの、戸惑っているのは明らかだ。やっちまった。

似ているなんて言われたのは、随分と久しぶりだった。最後に言われたのがいつかも思い出せない。ただ、そのときの母の笑顔だけは鮮明に思い浮かぶ。

『槇生は、昔の私にそっくりだね。どんどん似てくる』

公園の入り口にある水飲み場で、べたついた手を洗い流す。ついでに口もゆすいだ。

気持ちとは裏腹なソフトクリームの甘さが舌にこびりついて、鬱陶しかった。

昼営業を始めてもうすぐ一ヵ月、滑り出しは順調だ。夜に比べて客単価は低いが、アルコールが入らない分回転率が良い。本日も店内は、島のコーラスサークルの女性たちで満席だ。

「マスターってＴＡＡのノンに似てない？」

「右斜めから見た感じが、そっくりやん！」

「マスターもノンちゃんみたいに、髪の毛をオレンジに染めてみたらどう？　そしたらこの店、もっと人気が出るんちゃう？」

「ノンちゃんって、お笑い芸人か何かですか？」

日替わりランチセットの用意をしながら口を挟むと、冷ややかな視線を向けられる。

どうやら、韓国の男性アイドルグループのメンバーらしい。白髪頭をボブカットにした美千代《みちよ》さんに「あんたも観《み》なさい、ユーチューブとかで観られるでしょ！」と前のめりにお薦めされる。

「アイドルのことはわからないですけど、この人、めちゃくちゃ音痴ですよ」

「槇生ちゃん、余計な事は言わなくていいから」

伊吹は小鉢に、今日の日替わりのメインを盛り付けている。夏野菜を微塵切りにし、粘り気の強い刻み昆布を加えて混ぜ合わせたものだ。山形県の郷土料理『だし』を参考に、胡瓜と茄子、オクラの浅漬けを使っている。素麺や冷ややっこにかけてもおいしいが、今日は土鍋炊きの白ご飯を添えている。鮮やかなブルーのランチプレートに並べると、わっと歓声があがった。

事件が起きたのは、全員にプレートが行き渡った直後だ。勢いよくドアが開き、背の高い女性が入ってくる。大きなサングラスと真っ赤な口紅のコントラストが鮮やかだ。

「……いらっしゃいませー」

とりあえず声を掛けたが、彼女は私には見向きもせず、伊吹に向かって真っ直ぐに歩いてくる。カウンターを挟んで向かい合わせに立つと、白い腕をスッと上げ、上半身を後ろにしならせるようにして、大きく振りかぶった。えっ、と思った瞬間、強烈なビンタが伊吹の頬に炸裂《さくれつ》する。

「……痛いよ、晶《あきら》さん」

晶と呼ばれた女性は、伊吹を張り倒した手でサングラスを外した。くっきりと描かれた眉の下には、険しいまなざしがある。あまりの迫力に、普段はかしましいコーラスサークルの皆様が、誰一人として口を開かなかった。

「伊吹、ちょっと顔貸しな」

「いや、まだ営業中だし、ちょっと、ちょっと待ってよ」

彼女はカウンター越しに伊吹の胸ぐらを摑むと、そのままスライドさせるように引き摺ってゆく。呆気に取られている私たちの目の前で、店のドアが乱暴に閉まった。

「……ちょっと、何、あの女」

一番はじめに口を開いたのは、サークルのまとめ役、最年長の美千代さんだ。ソプラノ担当のスミさんが「だいぶ年よね、美人だけど」と続き、アルトのマリさんが「化粧が濃いだけよ。二の腕だって、たるんでたもの。四十は超えてるわ」と鼻を鳴らす。

「やっぱりマスター、年上が好みなのね!」

「あんた、なんで浮かれてるのよ」

「だって希望が持てるやん」

誰からともなく席を立ち、店のドアにへばりつくようにして、外の様子を窺っている。さながらクヌギの樹液に群がるカブトムシだ。

「はいはい、みなさん席に戻ってください、見世物じゃないですよー、ご飯が冷めますよー」

女性たちの背中をパンパンと叩くと、みんな渋々ながら、本日の日替わりランチセットの前に戻った。美千代さんが不満げに「あんた、なんでけろっとしてるのよ。もう少しやきもきしたら?」などと言う。

「なんで私が、弟相手にやきもきしなきゃいけないんですか」

「そんなの誰も信じてないわよ、白々しい。あの女、誰なのよ」

「知りませんよ、初めて見たし」

とはいえ、ちょっと面白くないのも事実だ。私の知らないところでよろしくやってんのね、という程度の気持ちだが。

スミさんが顔をしかめ、うーん、と唸りならこめかみを揉む。

「アタシ、どこかであの人を見たことがあるのよね。待ってね、ここまで出かかってるんだけど」

「頑張ってスーちゃん、あなたならできる！」

「そうよスーちゃん、やればできる子っ」

私も、がんばれーと便乗してみる。しかし、彼女と伊吹との間に一体何があったのだろう。客の前では穏やかな笑顔を崩さない伊吹が、わかりやすく逃げ腰になっていた。

「アラッ、トマトとお味噌汁なんて、と思ったけど、意外に良いじゃない」

美千代さんが舌鼓を打っているのは、湯剝きしたプチトマトと鶏団子がゴロゴロ入った、食べる味噌汁だ。

「見た目も可愛いし、鶏団子も生姜《しょうが》が効いていておいしいわ。夏は食欲が落ちるから、酸っぱいものとか辛いものが欲しくなるのよ。さすがマスターね」

「味噌汁を担当したのは、私なんですけどねー」

「あら、褒めて損した」

口の減らないおばさま方である。

日替わりセットは、今日も早々に完売した。静かになった店内で食器を片付けてから、思い立ってペンを探す。電話の脇に置いたメモに『生ぬか　唐辛子』と書き留め、マグネットで冷蔵庫に貼りつけた。新しくぬか床を作るときには、虫よけのための唐辛子が必須なのだ。うっかり梨依紗に伝え忘れていた。思い出すことができたのは、晶さんと呼ばれた女性の口紅が、潔いほどにパッキリとした赤色だったからかもしれない。


「晶さんは、矢野《やの》さんの奥さんだよ」

伊吹が帰ってきたのは、夜営業が始まる一時間ほど前だ。まだうっすらと頬が赤い。

矢野さんは、島の町役場で働いているお客さんだ。好きなぬか漬けは大根、飲み物はハイボール。色白の痩せ型で、目尻が下がった優しい笑顔が印象的な男性だ。

「矢野さん、奥さんいたんだ」

最初に店に矢野さんを連れてきたのは、川添だ。『矢野君はワーキングファザーやから、夜遊び初心者や』と紹介されたのだ。上のお子さんが高校生、下のお子さんが中学生になったことで、ようやく子育てに一段落がついたらしい。『最近は娘に、パパも少しは遊んだら？　なんて言われて、鬱陶しがられちゃって……』と頭を掻いていた。

「てっきりシングルファザーだと思ってた」

「晶さんは神戸で化粧品販売の仕事をしていて、滅多に島に帰ってこられないんだよね。ほぼ単身赴任状態なんだって」

伊吹はそれ以上のことは言わずに、ただ床にモップを掛けている。なぜか朝とは違うシャツとスラックスに着替えているし、コーラスサークルの皆様に影響されたわけではないが、疑惑の目を向けてしまう。

「で？　伊吹君と彼女は、どういうご関係？　痴情のもつれは勘弁してよね。海辺のスナックで刃傷《にんじょう》沙汰とか、二時間ドラマじゃないんだから」

「そんなんじゃないよ」

じゃあ、どんなだ。口ごもる伊吹を不審に思っていると、夜の部の最初の客が来た。なんと話題の矢野さんである。

「今日はおひとりですか？」

「いや、二人なんだ」

矢野さんの後ろでは、昼間の女性・晶さんが、不貞腐れた顔で仁王立ちしている。

軽口がまさか現実に……とたじろぐ私をよそに、矢野さんは「ごめんね伊吹君、昼の営業時間に押しかけて、迷惑をかけちゃったみたいで」と、申し訳なさそうに言う。晶さんは、真っ赤な唇を不服そうに尖らせた。

「許してやったのは私よ。ビンタ一発で済んで、ありがたいと思いなさい」

「晶ちゃん、暴力に訴えるのはよくないよ。伊吹君は何も悪くないじゃないか」

「だって楓が亡くなったのに、私を葬式に呼ばないなんて、どういうことよ！」

「家族だけでひっそりと、っていうのが、楓さんの意思だったんでしょう。全部終わってから、わざわざ僕たちに電話で教えてくれたんだからさ」

「……全部終わってから知らされたって、どうしようもないじゃない」

「だからって伊吹君を責めるのは、八つ当たりだよ」

矢野さんは柔らかな口調で、諭すように言う。なかなかどうして、凄腕《すごうで》の猛獣使いだ。晶さんは母の友人で、島に帰ってきたときは毎晩のように店で会っていたらしい。

伊吹は矢野さんのボトルを棚から出しながら苦笑する。

「いいんですよ。前に晶さんに電話したときに、今度島に帰ったらぶん殴るって宣言されてたから、覚悟してました」

「ごめんね、うちの奥さん、暴れん坊で。お線香を上げさせてくれて、ありがとう」

だからわざわざ着替えていたのか。確かに、線香の匂いがついたシャツで店に出るわけにはいかない。

晶さんは矢野さんの隣にどすんと座り、「お湯割り」と唸るように言う。「この店、冷房が効き過ぎじゃない？」と、ノースリーブのブラウスから伸びる二の腕をさする。冷え性なのかもしれない。だったら長袖を着ればいいのに、お洒落は我慢、というやつだろうか。

何となく予想はしていたが晶さんはなかなかの酒豪で、早いペースでお湯割りを飲み続け、矢野さんのボトルが一気に空になった。

「ほんっと腹が立つ！　この島の奴らみんな、人の顔を見ちゃあ『どっかでお会いしましたっけ？』って首を傾げてさっ。あてつけがましいんだよ！　どうせ私は、旦那と娘をほっぽって都会で好きに働いてる、勝手な女ですよ！」

「いやー、本当に忘れてる可能性もありますよ。この島、老人率が高いですから」

お湯割りのお代わりを作りながらフォローを入れると、晶さんはますます眉を吊り上げた。

「あんた、どっちの味方よ！　どうせあんたも余所者なんでしょ！　だったら同じ余所者らしく、無条件に私の味方をしなさいよっ」

「そんな無茶な」

晶さんは生まれも育ちも神戸の都会っ子で、旅行者として訪れた小豆島で地元の青年・矢野さんと電撃的な恋に落ちたらしい。島に移住し二人の子供に恵まれた後、晶さんは島の特産物を使った化粧品の開発を思いつく。百パーセント国産のオリーブオイルを配合した美容液を試作し、結婚前に働いていた化粧品会社に売り込んだところ、とんとん拍子に商品化され、全国的に大ヒットしたらしい。なんでも矢野さんの実家が広大なオリーブ農園なのだという。晶さんはそれを機に職場復帰し、今では神戸の会社と島のパイプ役として、滅多に家族のもとに帰ってこられないほどの忙しさなのだ。

「会社の奴らだって一緒よ。『旦那さんが可哀想』とか『もっと島に帰ってあげなきゃ』とか、外野のくせに口出しするなっての！　人の家庭に首を突っ込む暇があるなら、もっとサクサク働け！　お前らが動かないから、私が休日返上で出社してるんだよ！」

「うんうん、晶ちゃんは偉い、よく頑張ってる」

辛抱強く相槌を打つ矢野さんは、すでにろれつが怪しい。あまりお酒が強くないのだ。ぐらぐら揺れる頭を頬杖で支えているが、今にもカウンターに突っ伏しそうだ。

「私って、身勝手な妻？　悪い母親？　仕事も家族も全部が大事って、欲張りかな？」

「僕は晶ちゃんと結婚できて幸せだよ。うちの実家だって、晶ちゃんのおかげで随分助かってるんだよ。晶ちゃんは島の未来のために頑張ってくれてるんだから。言いたい人には、言わせておけばいいじゃない」

晶さんは感極まったように矢野さんに抱き着き、さめざめと泣く。突然始まった愛の劇場に呆気に取られていると、伊吹が小声で「いつもこうだから」と囁く。

矢野さんが伊吹の肩を借りてトイレに行ってしまうと、晶さんは退屈そうにカウンターによりかかった。口紅と同じ色の爪で、皿の上に残ったカクテルピンを弄んでいる。こんなに酔って暴れているのに、化粧が崩れていないのがすごい。さすが、その道のプロだ。

「ねぇ、あんたも付き合いなさいよ、飲めるんでしょ」

「すみません、私は下戸なので」

「嘘ばっかり。楓の娘が、飲めないわけがないじゃない。あんた、いくつよ。伊吹から話を聞いたときは、せいぜい中学生くらいだと思ってたのに」

「三十一です」

「さんじゅういちぃ⁉」

素っ頓狂な声で叫ばれ、クロスで磨いていたグラスを取り落としそうになった。

「どんなスキンケアしてるの？　教えなさいっ」

「普通に水で洗顔して、たまに、ガーゼのぬか袋で気になるところを擦るくらいですけど」

最近は体調が落ち着いているので、顔色をごまかすコントロールカラーは塗っていない。晶さんはカウンターから身を乗り出すと、ぐっと私に顔を近付けた。

「嘘でしょ……私がスキンケアにどれだけ時間をかけてると思ってるの！　あんたといい楓といい、どうなってんのよ。ぬか漬けって、そんなに肌にいいの？」

「よく知らないですけど、酵素とか乳酸菌で代謝が上がるとかで、美容のために食べる人もいるらしいですね」

晶さんは途端に目の色を変えて、私の手からメニューを引ったくった。追加注文したピンチョスを、もりもりとたいらげる。塩分は気にしなくてもよいのだろうか。

「そもそも、娘が三十過ぎって──楓のやつ、一体何歳だったの？　あたしよりは確実に上よね。晶ねえさん、なんて呼んで懐いてきたくせに。ほんと、食えない女……」

マスカラを塗った黒々とした睫毛が、頬骨の上に影を落としていた。甘く粉っぽい化粧品の匂いや、濃いアルコールの香りが、子供の頃の記憶を呼び覚ます。顔立ちはちっとも似ていなくても、どうしたって私は、この人に母の姿を重ねてしまう。

「少し飲み過ぎなんじゃないですか？」

「飲まなきゃやってらんないのよ、胸糞《むなくそ》悪い」

「なんでそこまでして、今の仕事をしたいんですか？」

「は？」

晶さんの片眉が、ぴくりと上がる。まずいかな、と思ったが、一度滑り出した口は止まらなかった。

「そんなにいやな思いをするくらいなら、矢野さんやお子さんたちと一緒に島で暮らした方が、幸せじゃないですか。会社でのあなたは大勢の社員のうちのひとりだけど、矢野さんとお子さんにとっては、代えがきかないたったひとりじゃないですか。島の未来だなんだって、それって本当に晶さんがしなくちゃいけないことなんですか？」

自分でも八つ当たりだとわかっていた。私は、もうぶつける相手のいない感情を、目の前の女性に投げつけているだけだ。

晶さんは険しいまなざしで私を睨んでいたが、やがて、すっくと立ち上がった。

「……何で仕事をしてるかって？　あんたこそ、何だってそんなに野暮ったい恰好をしてるのよ。スナックで働いている自覚、あるの？」

指先まで綺麗に手入れされた手で、ぐわっと顎を掴まれる。

「肌は綺麗だけど、髪も適当、服だって体型隠しのシルエットで色気がないし、ドすっぴんじゃないっ。私はね、あんたみたいな女を、ひとりでも多く世の中から消し去るために働いてるのよっ！」

晶さんはポケットに手を入れると、さながらモンスターに向かってステッキを振りかざす魔法少女のように、私の鼻先に口紅を突き付けた。

「うちの会社の新商品よ。オリーブオイル配合の潤いルージュ。あんたと楓は肌がイエローベースだから、こういう色が似合うのよ」

本物の果実のように瑞々しいコーラルオレンジだ。あの日、火葬場で見た母の唇にも、似たような色が塗られていた。ファウンデーションや頬紅は病院で施されたものだが、口紅だけは伊吹が塗り直したらしい。一番好きな色だったから、と。

「いや、いいです。いらないです」

「新品なんだから使いなさいよ！　ほら、塗ってあげる！」

唇に口紅を押し当てられた瞬間、たまらずに晶さんの体を突き飛ばしてしまった。ちょうどトイレから出てきた伊吹と矢野さんにぶつかり、三人はドミノ倒しのように体をよろめかせる。一番足許が危うい矢野さんが、後ろにあった観葉植物の鉢植えもろとも引っくり返った。

「す、すみません、何て言ったらいいか……」

「どうせ晶ちゃんが絡んだんでしょ、こっちこそごめんね」

矢野さんはスラックスについた土を払いながら、申し訳なさそうに言う。

「あーん、小娘に虐《いじ》められたー、張り手されたあ。こんなどすこいパブ、二度と来ないんだからっ」

晶さんはわざとらしく泣き真似《まね》をし、だが最後に「あんたは、もっと女を楽しみなさい！　身なりのかまわなさがこれ見よがしでムカつくのよ！」と吐き捨てることを忘れなかった。嵐が去った後の店内は、惨憺《さんたん》たる有様である。

「伊吹君、ごめん……」

「晶さんも大概だし、お互い様だよ」

「だけど、二度と来ないって」

「あれは晶さんの口癖。楓さんとも、しょっちゅう喧嘩してた」

伊吹は苦笑いで鉢植えを引っ張り起こし、おや、という顔で私を見た。

「槇生ちゃん、その口紅、どうしたの？」

「晶さんに、無理矢理塗られた」

カウンターのナプキンホルダーから一枚抜き、強く唇を拭う。似合ってたのに、という伊吹の声は、聞かなかったことにした。

紙ナプキンに付いたオレンジ色を睨み、くしゃくしゃに丸めてダストボックスに放る。カウンターに残されたウイスキーグラスの縁には、三日月形の赤色が、くっきりと残されていた。

——可愛くない子。

嘲るような声が耳許で聞こえた。

目を開けると、天井からぶら下がる電球のシルエットが見える。夢だと気付いてからも、しばらく動悸《どうき》がおさまらなかった。寝汗がすっかり冷え切るまで、私はそのまま暗闇に横たわっていた。スマートフォンを手に取ると、ようやく三時になったところだ。

伊吹を起こさないように足をしのばせ、玄関に向かう。汗じみたTシャツに短パンという恰好だが、まだ外も暗いし、そう人にも会わないだろう。足許に気を付けながら坂道を下り、海岸に向かう。海も空も真っ暗で、何も見えない。果てしなく広がる暗闇に放り出されたような気分だ。

夢の中で聞いた声は、母のものだった。

子供の頃の私は、素直に母に甘えることができなかった。久しぶりに帰ってくる母は、長い間私をほったらかしていた後ろめたさを隠すように、いつも大仰なプレゼントを抱えていた。大きなクマのぬいぐるみや、ぴらぴらしたワンピース。絵本に出てくるような可愛らしいカップケーキ。だが私は一度も、喜んだ顔を見せなかった。笑顔で受け取ってしまえば、私の感じていた寂しさが帳消しにされるような気がした。

そういう意固地な子供だった。

『可愛くない子ぉ』

母は決まってそう言い、細い指で私の頬を摘まんだ。仏頂面の私に眉をひそめ、それから、白い歯を見せて破顔した。羽交い締めをするように抱き締められ、化粧と香水とアルコールの匂いにむせそうになった。

『槇生は、昔の私にそっくりだね。どんどん似てくる』

母は、警戒心が強い野良猫を手なずけるように私にかまい、ようやく心を許しかけたところで、ぷいと家を出ていった。その繰り返しだ。それでもそのやりとりは、私たち親子の数少ない温かい思い出だった。

昔の母に似ている。幼い頃の私は、その言葉を疑わなかった。鏡の中の自分を見つめて頬を引っ張り、いつかこの皮を破り、母のように綺麗な女に生まれ変わるのだと、無邪気に信じていた。

「ねえ」

突然背後から声を掛けられ、飛び上がるほど驚いた。振り返ると、見知らぬ女性が立っていた。暗闇に目が慣れてきたせいか、手に煙草の箱を持っているのが、ぼんやりと識別できる。

「火、持ってない?」

「ないですけど」

彼女は小さく舌打ちすると、馴れた様子で堤防によじ登った。腰を下ろし、もぞもぞと身動きしたあと、私の鼻先にガムを突き出す。

「いる？」

「いや、いらないです」

妙に馴れ馴れしいな、と思っていると、彼女は眉を——実際には眉がなかったので、目の上の皮膚を、ぐねっと動かした。

「何よ。あんた、客の顔を忘れた？」

堤防の上から私を見下ろす流し目と、髪を掻き上げる仕草には、見覚えがあった。

「もしかして……晶さんですか？　別人じゃないですか」

「化けて悪いか」

もはや特殊メイクだ。数時間前に店にいた女性と同一人物だとは、到底思えない。私と同じようによれよれのTシャツを着て、中学生の体操着のような、足首の詰まったジャージを穿いている。なんというか、気合の入ったダサさだ。

「うち、すぐそこなの。あんたに店で言われたことを考えてたら、眠れなくなっちゃってね」

もしかして、『それって本当に晶さんがしなくちゃいけないことなんですか？』と言ってしまったことだろうか。晶さんはガムの包み紙を剝がし、口に入れた。潮の香りに、ラズベリーの香りが混ざる。

「私がしなきゃいけない、なんてことはないよ。だけど、どうしても私がやりたいの。他の奴に奪われようとしたら、ぶん殴ってでも取り返すと思う。……だってさ、楽しいんだもん」

晶さんは、悪事を白状する子供のような顔で唇を尖らせた。隙の無い化粧を落とした晶さんは、別人のように弱気に見えた。

「旦那も舅も姑も、私のことを島の救世主みたいに言ってくれるけど、本当は違うんだ。化粧品を作ろうと思ったのも、島の暮らしが退屈過ぎて、新しいことを始めないとおかしくなりそうだっただけ。自分が好きなことをやって、それがたまたまみんなのニーズに重なっただけだよ。島を飛び出して、化粧品のサンプルを持って神戸で駆けまわってるときは、たまらなくワクワクする。そのときには、旦那のことも子供のことも、ましてや島の未来のことなんか、頭にないよ。私は、旦那と娘をほっぽって都会で好き勝手に働いてる、酷《ひど》い女なんだよ」

店でお湯割り片手に吐き捨てていた台詞を、まるで自分に言い聞かせるかのように呟く。

「子供たちには、私の本音を見透かされてるような気がするんだ。だからかな、島に帰ってきても、自分の家なのに居場所がないの。旦那は優しいけど、子供とは上手く会話ができない。向こうが早く切り上げたがってる気がして、萎縮しちゃうんだよね」

「はぁ、なるほど」

膝を抱えてしょぼくれる晶さんのお尻の横に、私も頬杖をついた。晶さんがキッと目尻を吊り上げる。

「ちょっと、何か言うことないの？　ママがキラキラしてる方が子供たちは嬉しいとか、いっぱいあるでしょ、慰めの言葉が！」

「全部自分で言っちゃってるじゃないですか。でも私、その言葉が嫌いなんですよね。キラキラかイライラかの二択だったら、選びようがないですよ。私自身、母親がキラキラを追いかけるために、ほったらかしにされてた側の子供だし。子供って、大人が思うよりもずっと親の顔色を窺いますからね」

私が喋《しゃべ》るたびにどんどん萎れてゆく晶さんを見ていると、少々可哀想になってくる。

「でも、オリーブオイルの化粧品がヒットしたのは、晶さんが頑張ったからですよね。頑張れたのは、楽しかったからですよね。子供の立場としては複雑ですけど、そんなに気に病まなくてもいいんじゃないですか？　楽しくがむしゃらに出世街道を駆け抜けて育児は妻に丸投げ、ってのが昭和の理想の父親像じゃないですか。男だったら称

賛されるのに、女だと申し訳なく思わなきゃいけないって、変だと思うんですよね
ー」

「昭和のモーレツ世代のジジイと一緒にしないでよっ」

まあ、少しは元気になったようでよかった。

「だけど化粧って、そんなに大事ですか？　私には、素顔を隠して上辺《うわべ》だけを取り繕ってるようにしか思えないっていうか……所詮、偽物じゃないですか」

「偽物で悪かったな。あんた、まだ若いのに、うちの両親みたいなことを言うのね」

「母親があんなだったせいで、質素倹約第一の祖母に育てられた影響じゃないですか？」

「ふん。どうせ、化粧をしてる女は男に媚《こ》びてる、いやらしい、とか言われて育ったんでしょう。私が化粧をするのは、人に見せるためじゃないよ。自分を奮い立たせるため。そもそも男に媚びるためだったら、あんな真っ赤な口紅を選ぶかっての」

「そうなんですか？」

「当たり前でしょ。ほとんどの男は、毒にも薬にもならなそうな、無難なピンクに安心するのよ。私が何年もあの色を塗るのは、自分が一番好きな色だから。まぁ、いい虫よけにもなるしね。半端な男は怖がって近付いてこないから」

「それって、口紅の色のせいだけですか？」

頰をつねられた。本当に、唐辛子みたいな人だ。この人と母が親しくしていた理由が、なんとなくわかる。

晶さんは、私の肌の感触を確かめるように、しばらく頰を捏《こ》ねまわしていた。結構痛い。

「憎たらしいくらいすべすべで、もちもちねー。あんたたち、肌の色から質感まで、そっくりね」

「似てない親子と評判ですけどね」

「みんな目が節穴ね。話し方も仕草も声も、そっくりじゃない。あと、昔の顔にもね」

絶句する私を見て、晶さんは「もしかして知らなかった?」と焦ったように言う。慌てて首を横に振った。

「祖母が亡くなったあとに押し入れを整理して、昔のアルバムを見つけたときに気付きました。母に直接聞いたわけじゃないけど、どう見てもそうだよな、って――」

初めは、私の写真だと思った。だがそれにしては、一緒に映っている祖母が若すぎる。違和感を覚えながらページをめくり、はっとした。私にそっくりの少女は、私が生まれる前に亡くなったはずの祖父の膝に抱かれていた。

その瞬間、今まで腑に落ちなかったことの全てが、パズルのピースのようにひとつに繋がった。

「私、昔は、大人になったら母そっくりの綺麗な顔になれるって信じてたんですよね。さすがに小学校を卒業する頃には、そんなわけないって気付いてましたけど」

きっと私は、母が愛した男たちのひとり——名前も顔も知らない生物学上の父に似たのだろうと、子供ながらに察せられるようになった。だが、ちょうどその頃から祖母が、私と母を頻繁に間違えるようになったのだ。私のことを楓と呼び、間違いに気付くと、ああ、と夢から覚めたような顔をした。ちっとも似ていないのに、ずっと不思議だった。

「楓のやつ、大工事だったたって、あっけらかんと笑ってたよ。事務所の人間に、歌が上手いだけじゃ売れないっていわれたらしくてさ。目と鼻と顎と、歯もやったたって言ってたかな。私が嫌がっても、微に入り細に入り、痛々しい話を語ってくるのよ。ほんと、いい性格してたわ」

晶さんは思い出したように身震いし、顔をしかめて笑った。私は、同じようには笑えなかった。

『可愛くない子ぉ』

お約束だったはずの言葉が、あの瞬間から、別の意味に変わった。母との数少ない温かい思い出に、ぽつぽつと黒い雫《しずく》が落ち、水気を吸ったティッシュペーパーのように、くしゃくしゃに丸まった。何度も捨てようと思うのに、未だに私はそれを握りしめたまま、振り上げた拳を下ろせずにいる。二十年近く、ずっと。

「メスを入れてまで変えたかった顔に、自分の娘がそっくりになっていくって、どういう気持ちなんですかね」

私なら、いつまでも過去に追いかけられている気分になる。もしかしたら母が留守がちだったのは、私の顔が醜いせいかもしれない。そんなふうに思ったことさえある。

「なるほどねー。それがあんたの中で、ずっと引っ掛かってるのか」

晶さんは、ひらりと堤防から下り、私の隣に立った。店で会ったときは高いヒールを履いていたのでわからなかったが、むしろ私よりも小柄なくらいだ。

「楓はあんたに、感謝してたと思うよ。あんたのおかげで昔の自分を好きになれたって、笑ってた」

意味が分からず、ただぼんやりと晶さんを見つめ返す。

「楓は子供の頃の写真を、いつも化粧ポーチに入れて持ち歩いてた。新聞記事の切り抜きみたいなやつ。酔っぱらうといつも『可愛いでしょ』って引っ張り出してさ」

幼い母がステージに立ち、着物姿で歌っている写真。きっと、歌手を目指すきっかけになった、のど自慢大会でのものだろう。頭が上手く働かない代わりに、唇から、ひとりでに言葉がこぼれ落ちる。

「……かわいい？」

「そうだよ。楓は昔から、自分の顔が大っ嫌いだったんだって。でもあんたを産んだら、自分そっくりのあんたが、あんまり可愛くて驚いたって言ってた。だから、あんたそっくりの昔の自分の写真も、可愛くてたまらないってさ」

私たちはそのまま、長いこと海を見つめていた。ゆっくりとのぼり始めた朝日が、海と空の境目を押し広げてゆく。

「店であんたに塗った口紅、本当は楓にあげるために持ってきたんだ。でもいざお線香をあげたら、お供えなんてらしくないでしょって、楓に笑われる気がしてさ。だから、あんたが使ってくれたら嬉しい」

金色の光が、晶さんの横顔を照らす。目の下に薄いシミが散っていた。それでも、日々丹念に手入れされている肌は、艶やかで美しかった。

「しかし、あんたの子供の頃の写真じゃなくて、自分の写真っていうところが、あいつらしいよね」

「……自分が、大好きですからね」

「あれ？　あんた、泣いてる？　ねぇ、泣いてんの？」

「泣いてませんよ、うるさいなぁ」

顔を覗き込んでくる晶さんから逃れるために、大股で歩き出す。朝刊配達のバイクが、緩やかに私たちを追い越してゆく。暗がりから自転車を漕いで近付いてくるのは、部活の朝練に向かう高校生だろうか。この辺りでよく見かけるジャージを着て、肩にスポーツバッグを掛けている。島全体が、ゆっくりと目覚めかけているかのようだった。

「そろそろ旦那が起きてくるから、帰らなきゃな。正直、気まずいけど」

「昨日は店で、あんなに仲良くしてたじゃないですか」

「旦那とふたりのときはいいのよ。子供たちが一緒だと、怖気《おじけ》づいちゃってね。旦那が気を遣って優しくしてくれるから、余計に申し訳なくて」

晶さんと矢野さんの家は、本当に目と鼻の先だった。家の前には、ファミリータイプのボックスワゴンが停まっている。その横に二台並んだ自転車は、お子さんのものだろうか。

「あの」

呼び止めると、晶さんは門の取っ手を摑んだまま私を振り返った。自分の家に帰るというのに、ひどく心細げだ。

「晶さん、お子さんに、可愛いって、言ってあげてますか」

晶さんは面食らった顔をした。それから、「うちの子はもう高校生と中学生よ。無理よ、そんなの」と気恥ずかしそうに呟く。

「何歳だって関係ないですよ。可愛いよ、大好きだよって、言葉にして伝えてみてください。あとスキンシップも効果的だって、友達が言ってました」

「あのね、親が子供を嫌いなわけがないでしょう。それくらい言わなくたって――」

「わかんないですよ。ちゃんと言ってくれなきゃ、わからない」

思いがけずに、子供じみた口調になってしまった。急に恥ずかしくなる。

晶さんはじっと私を見つめていたが、やがて気弱な声で、「一杯ひっかけてからでもいいかな」などと言う。

「多分、逆効果になると思いますよ」

「じゃあせめて予行演習させて」

「いや、そこは一発勝負の方が」

両手を広げてじりじりと近付いて来る晶さんを躱《かわ》し、慌てて逃げ出す。後ろから「けちけちせずに抱かせなさいよー！」という怒鳴り声が聞こえた。何だあの人、素面《しらふ》に見えて、まだ酔っているのか。ぼさぼさの頭で追いかけてこようとするすっぴんの晶さんは、さながら山姥《やまんば》のようで、ちょっと笑ってしまった。

今抱き締められて『可愛い』だなんて言われたら、どうしたって母と重ねてしまう。そんなのはごめんだ。

夜明けの海を眺めながらひとり歩く。瞼を閉じ、生まれたての朝日の温かさを受け止める。引っ込んだはずの涙があふれてきて、私はしばらくそのまま、浜辺に佇んでいた。

マイクを手にした着物姿の少女の写真は、とっくに色褪《いろあ》せている。だが小さな丸い鼻も、腫れぼったい目も、子供の頃の私にそっくりだった。新聞の切り抜きを複写したものらしい。何度も畳んだり広げたりしたのか、折り目の部分のプリントが、白く掠れていた。

「伊吹君、知ってたんだね」

「新聞記事を見つけたのは、俺だからね」

伊吹は化粧ポーチのファスナーを閉めながら、ちょっと得意気に言う。

母がまだ、新宿のクラブで働いていたときのことだという。当時母は別の男と同棲《どうせい》していたが、ある夜マンションに戻ると、部屋の中が空っぽになっていたらしい。

「実家から持ってきた写真を、貴金属と預金通帳と一緒に鍵付きの引き出しに入れておいたらしいんだけど、丸ごと持ってかれちゃったんだって」

落ち込んで自暴自棄になった母の面倒をみるのは、伊吹の役目だった。度重なる問題行動から母が店をクビになったあとも、母は伊吹を舎弟のように呼びつけ、いつしか一緒に暮らすようになったのだという。

「同棲じゃなくて、はじめはルームシェアだったけどね。俺はずっと好きだったけど、最初は全然相手にされなかった」

「娘の私より年下じゃあね」

　母は酔うたびに『宝石なんかはいくらだって客に貢がせられるけど、昔の写真は二度と取り戻せないのよね』と呟いたのだという。伊吹は怖気づく母を説得し、浅草の実家を訪ねた。だが古い店はすでにあとかたもなく、月極《つきぎ》めの駐車場に変わっていた。なんとか大叔母に連絡を取り、私がすでに工場で働いていること、母と会う意思はないことなどを聞かされたらしい。

「楓さん、ますます落ち込んじゃって、俺も責任を感じてさ。いろいろ考えて、楓さんが昔、のど自慢大会で優勝して全国紙に載ったって言ってたことを思い出したんだよね。それで国会議事堂の傍にある大きい図書館に通って、昔の新聞を調べまくった」

「凄い情熱だね。怖いくらいだよ」

「でも頑張った以上の価値はあったよ。楓さん、喜んで泣いてくれたし」

「ほー、それで、娘より年下の男にほだされちゃったわけですか」

「そうだね、そういうことになるかな」

照れるなよ、生々しい。私の白けた視線などお構いなしに、伊吹は古びた紙きれを、感慨深げに眺める。

「楓さんがこの写真を見て、可愛いでしょって自慢するときはさ、昔の自分じゃなくて、槇生ちゃんのことを考えてたんじゃないかな」

「……そう？　半々くらいじゃない？　あの人、自分が大好きだもん」

むず痒さに耐え兼ねて、台所に戻る。コンロにかけた大鍋の蓋が、カタカタと揺れていた。今日のブランチは、ニンニクをふんだんに使ったペペロンチーノだ。店のランチメニューの試作も兼ねている。

ニンニクの香りと唐辛子の辛味をじっくりと移したオリーブオイルに、茹《ゆ》で上がったパスタを絡める。トッピングは胡瓜のぬか漬けと、茹で蛸《だこ》の薄切りだ。

「槇生ちゃん、これ、冷製パスタにした方がいいかな。夏場はその方が人気が出ると思わない？」

「――うん？　ああ、そうだね。トッピングも、蛸よりシラスの方が食べやすいかも。うちのお客さん、お年寄りも多いしね」

慌てて答える私に、伊吹が不思議そうに首を傾げる。自分でも考えがまとまらず、私はもごもごと口を動かした。

「えーと、なんか、さっきの話で、いろいろ考えちゃって」

「何を？」

「同棲相手にお金を盗まれたり、久しぶりに実家に帰ったら店が丸ごとなくなってたり、あの人にとっては散々だっただろうなって。そういうときに、伊吹君はずっとあの人のそばにいたんだね。私、その頃は自分のことで精いっぱいで、他のことを考える余裕がなかったから、何ていうか、その――」

伊吹が小さく噴き出した。それから、「どういたしまして、でいいのかな」などと言う。

「はぁ？　よくないよ、何でそうなる？」

「俺には、そういうふうに聞こえたけど」

「全然違う！　娘より若い男に慰められて、良いご身分だなって、言いたかっただけだよ！」

スリッパの先で伊吹の脛を蹴る。「ほんとに二人、そっくりだよね……」という呻き声には、聞こえないふりをしておいた。

第六話　休ませる

襖や天井が、激しい風雨でカタカタと揺れている。島に台風が近づいている影響だ。昨夜のうちに家じゅうの雨戸を閉め切っておいたせいで、朝の九時だというのに真夜中のようだ。だが私が未だに布団から起き上がることができずにいるのは、朝日が射し込まないせいせい、ではない。

ここのところ、体調が悪い日が続いている。薬が変わったばかりの頃は持ち直していたのに、体に耐性ができたのか、それとも、もはやそういう段階ではなくなっているのか。

ともかく最近は、店に出るのも辛い。生理痛だの自律神経失調症だのと言い訳をし、遅出や早退を繰り返してきたが、そろそろ限界かもしれない。

「槇生ちゃん、朝ご飯ができたよ。起きてる?」

闇の向こうで伊吹の声がする。今日は低気圧の影響もあってか一段と体が重く、起き上がることすらできない。

「伊吹君、ごめん。今日は食欲ない……」

　自分のものとは思えない、しゃがれた声が出た。一拍置いて襖がスパンと開き、居間を照らす電灯の明るさに目がくらみそうになる。おいおい私、Tシャツと下着だけなんですけど、とぎょっとする。慌ててタオルケットを体に巻き付けたが、伊吹に動じる気配はない。枕元にしゃがみ込み、私の額に手をあてがう。

「熱はないね。喉は？」

「起き抜けで声が嗄《か》れてるだけで、痛みはないよ。多分、夏バテ。寝てれば治ると思う」

「ちょっと待ってて」

　伊吹は台所に飛んでゆくと、保冷剤とコップを手に戻ってきた。なすすべもなく横たわる私を抱き起こし、「飲んで」と口許にコップを押し付けてくる。

「どう？　塩辛くない？」

「普通においしい」

「水に塩と砂糖を混ぜた、即席の経口補水液だよ。これをおいしく感じるなら、きっと熱中症になりかけてる。お代わりを持ってくるから、飲めるだけ飲んで」

「いやもうお腹いっぱいなんだけど……」

結局、コップ三杯分も飲まされた。保冷剤は脇の下に押し込まれた。妙齢の女がしどけない姿を晒《さら》しているというのに、この男には動揺というものがないのか。

「ごめん、俺のせいだ。この部屋、雨戸を閉め切るとすごく暑いね。扇風機だけじゃ凌《しの》げないよね。槇生ちゃん、最近はただでさえ体調が悪かったのに」

「いやー、自己責任だよ。いい年して面目ない」

「とりあえず俺の部屋に行こう。かろうじてエアコンが利くから、ここにいるより涼しいと思う」

伊吹の手を借りながら部屋を出て、私にとっては開かずの間だった洋室に向かう。この家に越してきてから、初めて足を踏み入れる場所だ。

「思ったより、広いんだね」

「そう？　楓さんが使ってたときのままにしてるから、少し散らかってるけど」

ひんやりとした空気が肌に触れる。古い型のエアコンが、ドライヤーのような轟音《ごうおん》を立ててまわっていた。シナモンやクローブ、バニラが混ざったようなスパイシーな香り。母の香水だ。

幾何学模様が織り込まれたラグマットを踏みしめ、おっかなびっくり中に入る。確かに、すっきりと片付けられた居間やキッチンとは趣が違う。くすんだ赤色のソファには色とりどりのクッションが置かれ、背の高い木彫りのキリンの置物には、帽子やスカーフがぞんざいに引っ掛けられている。壁際の本棚には、本やＣＤ、香水瓶やこまごまとした雑貨が、ごちゃまぜに突っ込まれていた。

「槇生ちゃん、シーツを替えたから横になって。朝ご飯は、どんなものなら食べられそう？　林檎があるから擂《す》り下ろそうか？」

あんたは私のオカンか。いや、オカンの夫だから、オトンか。

「今はいらないや。伊吹君は、私に気にせず朝ご飯を食べなよ。店の準備もあるでしょ」

「今日のランチは休業にする。この雨じゃ、お客さんも来ないだろうし」

ダブルベッドの真ん中に横たわると、新しいシーツの冷たさが心地よかった。外は相変わらず、波と風が暴れる音がする。天井からぶら下がるステンドグラスのランプが揺れる。壁に映った色とりどりの影も、ランプシェードの動きに合わせてちらちらと揺れた。

「なんだか、家ごと吹き飛ばされそうだね」

「今回は大型だから、特にひどいね。直撃じゃないから大丈夫だとは思うけど」

伊吹は簞笥《たんす》から替えのシーツや寝間着を出し、ソファの上に置く。ふっと部屋を出て行ったかと思うと、ビニール袋を被せた洗面器、バスタオルとハンドタオル、ペットボトルにストローなどを抱えて戻ってくる。至れり尽くせりだ。

あまつさえ、二人掛けのソファをベッドの脇まで引き摺って、そこに座る。……看病してくれるのは有難いが、非常に落ち着かない。

面食らう私を見て、伊吹は小さく噴き出した。

「ごめん、楓さんも昔、同じような顔をしてたなって、思い出した。一緒に暮らし始めてすぐの頃、楓さんがお客さんの夏風邪を貰っちゃってさ。俺がこんなふうに、ずっと傍にくっついてたら、居心地悪そうにしてた」

「慣れてなかったんじゃないかな。うちは祖母ちゃんがひとりで切り盛りしてる漬物屋だったから、娘や孫が熱を出したくらいじゃ、店を休めなかったんだよね」

子供の頃、風邪で学校を休んだ日のことを思い出す。おでこに氷嚢《ひょうのう》を載せ、ただぼんやりと天井を見上げて一日を過ごした。一階の店舗で祖母がお客さんと話す声や、隣の家の壊れかけの洗濯機が回る歪《いびつ》な音が子守歌だった。

「じゃあ槇生ちゃんも、お祖母さんがお店に出ている隙に台所に忍び込んで、お中元で貰った高級ハムを齧ったり、いちごジャムをひと瓶まる舐めしたりした？」

「するわけないでしょ、私はそこまで怖いもの知らずじゃないよ」

顔をしかめる私を見て、伊吹は可笑《おか》しそうに笑う。

「槇生ちゃんのお祖母さんは、どんな人？」

思い出すのは、台所や店頭に立つ後ろ姿だ。祖母は小柄で痩せてはいたが、いつも背筋がピンと伸びていて、小ささを感じさせない人だった。奔放な母を案じて胸を痛めることもあっただろうが、店に立つときはいつも笑顔だった。そして、性質《たち》の悪い客がやってきたときは、毅然《きぜん》とした態度で突っぱねた。

「自分にも私にも厳しい人、だったかな。おばあちゃんと孫、っていう感じではなかったかも。あんまり甘えられなかったし」

祖母の細い肩には、幼い孫と店を守ってゆかなくてはいけない、という重圧が、常にのしかかっていたように思う。だから私が無条件によりかかれば、ポキンと折れてしまいそうな危うさがあった。

「じゃあ、お母さんと娘？」

「いや、子供向けの童話に出てくる、怖い教育係みたいな感じ。アルプスの少女ハイジのロッテンマイヤーさんみたいな。——でも、ぬか床の搔き混ぜ方を教えてくれるときは、優しい顔をしてたかな」

熱でぼんやりする頭に、祖母の懐かしい面影が甦る。ぬか床には神さまが住んでいるとか、まるい気持ちで搔き混ぜるとまるい味に、尖った気持ちで搔き混ぜると尖った味に、とか、現実主義の祖母にしては珍しくふわふわとしたことを言うので、子供ながらに訝しんだものだ。柔らかな笑顔は、店に出ているときのものとはまるで違っていた。もしかしたらあれが、本来の祖母の表情だったのかもしれない。まだ小さな私の手を取ってぬか床に誘う祖母の手は、年齢に似合わずしっとりとして滑らかだった。

「槇生ちゃんが、お祖母さんのぬか床をずっと大切に守ってきたのは、そのときの思い出があるから？」

「そうやって言葉にすると大袈裟になるけど、朝晩歯を磨くのと一緒だよ」

伊吹がいつものように、素直じゃないなぁ、という顔をする。枕許にあったクッションを掴み、投げつけてやった。

「じゃあ逆に訊くけど、あの人は？　あの人はお祖母ちゃんのことを、どんなふうに話してた？」

「楓さん？　槇生ちゃんと一緒だよ。めちゃくちゃ厳しくて、母親というよりは、刑務所の鬼看守みたいだったって言ってたかな」

「私はそこまで言ってない」

しかめっ面の私を、伊吹はまた笑う。それからソファのひじ掛けに体を預けるようにして、ぽつりと言った。

「楓さんは、怖かったって言ってたよ。お母さんのことも、槇生ちゃんのことも」

「何でだよ」

そんなタマか、と憮然とする。伊吹は苦笑いで、「楓さん、実家に帰るときはいつも酔っぱらってなかった？」などと言う。

「あー、酔ってたね、ベロベロのときもあった。そのせいで毎回再会と共に、お祖母ちゃんとの親子喧嘩が勃発してた」

「お酒を飲んで弾みをつけないと帰れなかった、って言ってたよ。お母さんにも槙生ちゃんにも、受け入れてもらえるか不安で、怖くてたまらなかったって」

「……好き勝手に生きてきた弊害だね」

「そうだよね。俺と一緒に暮らすようになってからも、楓さんは何度も、槙生ちゃんに会いに行こうとしてたんだ。お酒は流石にまずいと思ったから、代わりに俺が付き添ってさ。バスに乗って槙生ちゃんが働いている工場の近くまで行ったこともある。だけど楓さんは、いつも工場前のバス停に近づくと足がすくんで、席から立ち上がれなかった」

　伊吹の顔は、嘘を言っているように見えなかった。頭が朦朧《もうろう》としているせいか、ろくな言葉が出てこない。ただ、私も何度か乗ったことがある路線バスの座席に、母と伊吹が並んで座っている姿が思い浮かんだ。想像の中の母は、初めてひとりでバスに乗った子供のように、心細げにチケットを握りしめている。

「楓さんは、実際に槙生ちゃんに会って、自分のことをどう思っているかを知るのが、怖かったんじゃないかな。だから病気になったときも、『誰にも教えないで』って……、本当は俺に、こっそり槇生ちゃんと連絡を取って欲しかったのかもしれないけど、俺は言葉通りに受け取ったふりをした」

「何で？　私に、楓さんとの最後の時間を邪魔されるのがいやだった？」

ちょっとした意地悪と悪戯心からの問いかけは、思いのほか伊吹に突き刺さったらしい。物凄く申し訳なさそうな顔で、「そうかも……」と言うので、噴き出してしまった。

「もしかして、ずっとそのことを気に病んでる？　だから私が押し掛けたときも、すんなり受け入れてくれたの？」

「いや、それだけじゃないけど……」

「馬鹿だなー」

私は寝返りを打ち、伊吹の顔を覗き込んだ。初めて会った日から、もうすぐ四ヵ月が経とうとしていた。

「伊吹君は、本当に馬鹿だ」

「馬鹿かな」

もし母が、工場の前でバスを降りていたら。もし私が、母が生きている間に島を訪れていたら。私たちはきっとお互いに意地を張り、売り言葉に買い言葉で傷つけ合っていた。だから、会わなくてよかった。

かつて母が見上げた天井を、同じように見つめる。波と風の音に紛れて、かすかな歌声が聞こえた。伊吹が、棚の上に置かれたコンポーネントステレオの電源を入れたのだ。ジャズピアノの音色にのって、少し掠れた歌声が流れる。母が最後にリリースした、クラシックジャズのカバーアルバムだという。歌のことはわからないが、ハスキーなのに不思議と伸びが良い歌声は、演歌よりもジャズの方が似合っている気がする。

「元歌手の店なのに、カラオケスナックにしなかったんだね」

「お客さんから要望もあったんだけど、楓さんがいやがったんだ。『そんなの、本気で好きになった男に相手にされなくて、都合のいい女におさまるようなものじゃない』って。永遠の片思いだから、きっぱり諦めて、綺麗なままにしておきたかったんじゃないかな。楓さん、俺の前でも滅多に歌わなかったからさ」

いつか伊吹は、子供の頃からの夢を手放すつもりで水商売の仕事を始めた、と話していた。年齢は違えど、母と伊吹は同じ痛みを抱えていて、だからこそ惹かれ合ったのだろうか。

「伊吹君は、あの人の年齢を聞いて驚かなかった？」

「はじめは俺より八つ上って聞いてたから、本当のことを知ったときは衝撃だった。二十個も上だったら、どうしたって俺が先立たれる可能性が高いからね」

「え、そこ？」

相変わらず伊吹は、私の予想の上をゆく。面食らう私をよそに、「覚悟はしてたけど、こんなに早く置いていかれるとは思わなかったな……」と呟く。その横顔は、初めて会った日のことを思い出させた。サイズの合わない喪服を着た伊吹は、立っているのがやっとなほど、憔悴《しょうすい》していた。

「俺は、楓さんがいなくなるのがどういうことか、わかってなかった。きっとひとりで取り残された気分になるんだろうなって思ったけど、違った」

「どんなふうに？」

「うまく言えないけど……いなくなった楓さんと、ずっと一緒に暮らしてる気がする」

「余計に辛くない？」

「今は槇生ちゃんが居てくれるから」

母の火葬が終わってしばらく、伊吹が発する言葉は「いただきます」「ごちそうさまでした」「すみません」の三つだけで、私が用意した食事を俯きがちに食べ終えると、あとは寝室に籠りきりだった。そんな日々が一週間ばかり続いただろうか。向かい合って朝食を食べていた伊吹が突然、『あなたのことを、なんて呼べばいいですか？』と私に訊ねたのだ。

『普通に槇生、でいいですけど』

『槇生さん？』

『さん、という柄でもないですが』

『じゃあ、槇生ちゃん、かな』

『もっと柄じゃないです』

ともかくその日から伊吹は私の名前を呼び始め、誰も来ない店を——正確には、たった一人、烏丸だけが訪れる店を開けた。つい四ヵ月前のことなのに、もう、随分昔のことのように思える。

「槇生ちゃん、しばらくって、どのくらい？」

「何、急に」

「初めてこの家に来たとき、しばらく住まわせてくださいって、言ってたじゃない」

突然の立ち退き要請か、とたじろぐ私を、伊吹は改まった顔で見つめ、口を開いた。

「しばらくじゃなくて、ずっとじゃ駄目かな。いなくなった楓さんと、俺と槇生ちゃんの三人で、ずっとこの家で暮らしていくのは、駄目かな」

言葉が出てこなかった。伊吹が本気でぶつかってくれていることがわかるから、いつものように茶化したり、受け流すことができなかった。

こんなことになるなら、もっと早く本当のことを打ち明ければよかった。伊吹との距離が近づくほど、反応が怖くて切り出せなくなった。

亡き母の年下の夫と、その娘。ちぐはぐな関係の私たちが同居を始め、手探りで少しずつ編み上げてきたものが、一気にほどけてしまうかもしれないと思った。

でもう、黙っているわけにはいかない。

「伊吹君、私――」

「ごめん、変なことを言っちゃった。槙生ちゃんは、少し眠った方がいいね」

伊吹は苦笑いでソファから立ち上がった。起き上がって引き止めようとしたが、頭を軽く動かしただけで眩暈がする。かろうじて、「あのさ」と声を振り絞る。

「熱が下がったら話したいことがあるんだけど、聞いてくれるかな」

伊吹は不安げに私を見つめてから、小さく頷いた。「何か食べられそうなものを用意してくるね」と微笑み、寝室を出て行く。

ステレオからはまだ、どこかで聞いたことがあるジャズナンバーが流れている。自分の体温で湿気が籠ったタオルケットに潜り込み、体を丸めた。眩暈と、ちらちらと揺れるランプシェードの光のせいだろうか。高速で回転するメリーゴーラウンドに乗っているような感覚だった。馬の首にしがみつく代わりに、枕を抱き締める。込み上げる吐き気から気を紛らわせるために、風と波の音に紛れた母の歌声を探す。

しばらくそうしているうちに、ふっと、外の音が聞こえなくなった。とろとろと瞼が重くなる。ステレオから流れ続ける歌が、子守歌のように優しい。体が深くベッドに沈んでゆく。どんどん子供に戻って、生まれる前に戻ってゆくような、不思議な感覚だった。

　どのくらい時間が経ったのか、暗闇の中、蛍のようにちらちらと動く光が見えた。冷たい手が首筋に触れる。伊吹の手のひらよりも小さく、柔らかい。

　重い瞼をこじ開けると、白く美しい顔が間近にあった。突然のことに腰が抜けそうになったが、よく見ると梨依紗だった。

「槇生ちゃんが寝込んでるって聞いたから、伊吹さんに合い鍵を借りて、入ってきちゃった。熱は下がったみたいね」

　天使みたいに綺麗な顔で覗き込まないでくれ、お迎えがきたのかと思ってしまった。

　どうやら伊吹が、出掛ける前に電気を消していったらしい。梨依紗は私を起こさないように、スマートフォンのライトを頼りに部屋に入ってきたようだ。

　電気を点けて明るくなった部屋で、梨依紗はてきぱきと動き回る。エアコンの電源を切り、窓を開け、たてつけの悪い雨戸をガタガタいわせながら押し除ける。

　汗ばんだ肌を、爽やかな夜の風が撫でた。雨と風に洗われたせいか、空気がいつもよりも透き通っている。縮こまっていた手足の筋肉を、力いっぱい伸ばす。梨依紗が笑った。

「槇生ちゃん、赤ちゃんみたいに丸まって眠ってたよ」

「嵐の音がうるさいぐらいだったのに、不思議と熟睡できたよ」

「雨とか風の音って、妊婦さんのお腹の中の音に似ているらしいわよ。玲音が赤ちゃんのときも、私が髪にドライヤーをかけていると、すーっと眠っちゃったりして」

「あんなにうるさい音で？」

体に巻き付いていたタオルケットを引き剝がす。たっぷりと休んだせいか、眠る前の眩暈と吐き気はおさまっていた。

「槇生ちゃん、シーツを替えたいからソファに移動できる？　汗で体が冷えないようにタオルで拭いてね。手伝おうか？」

「大丈夫、ひとりでできるよ」

「何も食べてないんでしょう？　素麺とかヨーグルトとか、いろいろ持ってきたけど、何にする？」

「大丈夫だよ、冷蔵庫にあるもので適当に済ませるからさ」

「大丈夫って言わない！」

突然鬼の形相で睨まれ、ぎょっとした。

「槇生ちゃんはいつも口癖みたいに大丈夫、大丈夫っていうけど、大丈夫じゃないからこういうことになってるんでしょう！」

「病人相手に、怒らないでよ」

「病人なら病人らしく、ちゃんと人に頼ってよ！」

梨依紗はベッドのシーツを引っぺがすと、鼻息も荒く寝室を出て行った。

バスタオルで体を拭き、新しいパジャマに着替える。伊吹が用意してくれたものだ。

ガーゼ素材のパジャマは、肌にくったりと馴染んで心地よい。

スマホを見ると、伊吹からの不在着信が残っていた。『ごめん寝てた』とメッセージを送ると、すぐに電話がかかってくる。

『槙生ちゃん、具合はどう？』

伊吹の声に割り込むようにして、誰かが『鬼のかく乱や』と茶化す声がした。誰が鬼だ。

「かなり楽になった。いま梨依紗が、シーツを替えてくれたところ」

『よかった。今日は早めに店を閉めて帰るから、ちゃんと部屋で寝てなよ』

「そこまでしなくても大丈……」

ぶ、と言いかけ、言葉を呑《の》み込む。

「うん、ありがとう」

伊吹はしばし沈黙し、『本当に熱、下がった？』と疑わしげに言った。

寝室を出ると、開け放った掃き出し窓の向こうから、濡れた夏草の匂いがする。台所にいる梨依紗が「寝てなきゃ駄目って言ったのに」と眉をひそめた。

「ちょっと冷房にあたりすぎたみたい。今はこっちの方が気持ちいい。一日中横になってて、背中と腰が痛いし」

「そう？　じゃあ、もう少しでお味噌汁ができるから、座って待っててね」

居間の卓袱台に頰杖をつき、梨依紗の背中を見つめる。野菜が煮える甘い香りがした。卓袱台の横には、大きなトートバッグが置かれている。

「梨依紗、この荷物どうしたの？　もしかして、ぬか床？」

バッグの口から、ショッピングセンターで買った角形のホーロー容器が覗いている。

梨依紗はこちらを振り返り、極まりが悪そうな顔をした。

「今日ね、槇生ちゃんにぬか床の相談をしようと思って、スナックに持ってきてたの」

すごいな。ぬか床を持ち込みでくる客なんて、初めてだ。

「見てもいい？」

「いいのよ、スナックに置いてくるわけにもいかなくて、持ってきただけだから」

「見せてよ。今日は一日、ずっと寝てて暇だったからさ。今、何か漬けてる？」

「胡瓜と人参があるけど、全然おいしくないの……」

「せっかくだから食べさせて」

梨依紗は渋々、ぬか床から人参を取り出した。薄切りにしてもらったものをひと切れ齧ると、強い塩気に、頬の内側がきゅっとすぼまる。ぬか漬け特有の酸味は、ほとんど感じられない。

「ちゃんと朝晩掻き混ぜてるのに、どうしてかな」

「もしかしたら、掻き混ぜ過ぎかもしれないね」

梨依紗は、「混ぜ過ぎちゃ駄目なの？」と目を丸くした。

「ぬか漬けをおいしくする乳酸菌は空気に弱いから、混ぜ過ぎると繁殖できなくなっちゃうんだよね。あと、もしかしてぬか床を冷蔵庫に入れてる？」

「それも駄目なの⁉」

「駄目ではないけど、冷蔵庫に入れるなら尚更《なおさら》、混ぜる回数を減らした方がいいよ。二日にいっぺんくらいで充分。この状態だったら何日か室温に置いて、菌を増やした方が手っ取り早いかな」

「そうなんだぁ。本当に、生き物みたいね」

「実際、菌だからね。うちのお祖母ちゃんは、神さまが住んでる、って言ってた。話しかけると味が変わるって」

「じゃあ槇生ちゃんも、毎日話しかけてるの？」

「いや、台所でぬか床に話しかけてる三十女、怖いでしょ」

梨依紗が味噌汁のお椀を卓袱台に並べる。出汁も味噌も伊吹が使っているものと同じはずなのに、香りが違う気がするのが不思議だった。

「あとは他に、西瓜《すいか》でも切る？　アイスもヨーグルトもゼリーも、なんでもあるよ？」

「いや、だいじょう……じゃなくて、もうじゅうぶん」

慌てて口をつぐむ私に、梨依紗はきょとんとしてから、ころころと笑った。

「梨依紗がすごい剣幕で怒るから、怖くてさ」

「だって、大丈夫大丈夫って言って頼ってもらえないのは、寂しいんだもん。槙生ちゃんは、もっと甘え方を練習した方がいいと思う」

「甘え方の練習……」

確かに、人に甘えるのも、何かを期待するのも苦手かもしれない。子供の頃から、大抵のことは自分で対処せねばと思っていた。

「でも、よっぽどじゃないと甘えられないというか……そもそも、助けてって頼んで断られたら、すごくダメージくらわない？　しんどいときは余計にさ。そのくらいなら、自分でなんとか踏ん張った方がマシかな、と思ってさ」

次第に声が小さくなってしまう。私を見つめる梨依紗のまなざしが、どんどん険しくなるのがわかったからだ。

「槇生ちゃんは、心のどこかで自分のことを、人に見捨てられても当然の人間だと思ってるんじゃない？」

「いや、そこまでじゃないけど……うん、でも、まぁ、そういうところはなきにしもあらずかも……」

へどもどと呟く私の顔を、梨依紗は両手でガッと摑んだ。

「そんなことないから!!　槇生ちゃんが助けてって言ったら、みんな絶対助けに行くから！　そのことだけは忘れないで!!」

不覚にも、鼻の奥がツンと滲《し》みた。梨依紗は、心底不可解そうに首をひねる。

「なんで槇生ちゃんは、そんなふうに思うのかなぁ。私は、自分は愛されて当然の人間だと思ってるよ。姑のことだって、本当は私と仲良くしたいのに素直になれないツンデレだと思ってるし」

相変わらずタフ過ぎる発言に、噴き出してしまった。

初めて島に渡った日のことを思い出す。フェリーのトイレで喪服に着替え、甲板から小さな島を目にしたときは、失うものなどほとんど残っていない、と思った。なのにいつのまにか、失いたくないものでいっぱいになっている。梨依紗の言葉に、この島で出会った何人もの顔が目に浮かんだ。たった四ヵ月で、自分の中の何もかもが、すっかり変わってしまった。長い旅の最後の最後で、やっと気付くことができた。

「私、この島に来て、梨依紗に会えてよかったよ」

「なあに、急に。お別れの挨拶みたいじゃない」

　ティッシュボックスを引き寄せる私を見て、梨依紗は照れくさそうに笑った。

「槇生ちゃん、私ね、槇生ちゃんと出会えたから、変わろうと思えたの。今は、夫と玲音のためだけじゃなく、自分のために、島の暮らしに馴染みたい。この島に骨を埋める気持ちで頑張る！」

「骨、ねぇ。そりゃまた、極端な。……でも、そうだね。私もそういうことになりそう」

「本当⁉」

　梨依紗は声を弾ませ、私の腕に自分の腕をからめた。その肌のあたたかさにまた、泣きそうになってしまった。

　梨依紗の味噌汁には、刻んだ人参とオクラのほかに、なんと素麺が入っていた。製麺工場を営む梨依紗の夫の実家では、当たり前に食べられているものだという。乾麺にする前の半生の状態を持ってきてくれたらしく、私が普段食べている素麺とは、風味も喉越しもまるで違う。

「すごくもちもちしてて、めちゃくちゃおいしいんだけど」

「そう？　もともとは、素麺職人さんの賄いだったみたい。私は食べ飽きてるからなぁ。家族の前では言えないけど、たまに無性に、素麺以外の麺類が食べたくなるのよね。ね、槇生ちゃんが元気になったら、一緒にラーメン食べに行かない？」

「いいね、こってりスープの、カロリー爆弾の家系ラーメンね」

梨依紗は歓声を上げ、私の指に自分の小指を絡めると、「約束ね」と笑った。


浴室で体を洗いながら、天井を見上げる。またどしゃ降りの雨が降り始めたようだ。

梨依紗は、ちゃんと家にたどり着いただろうか。

壁のタイルに取り付けられた鏡には、昔の母にそっくりだという私の顔が映っていた。奔放で自分勝手で、娘を顧みない母親。夢を追いかけて挫折し、ろくでもない恋愛を繰り返し、水商売を転々として年下の男をたらしこんで、最後はこの島で生涯を終えた母親。

二十年近く離れている間に、私は母を『型破りな母親』という型に押し込んでいたのかもしれない。そういう女なのだから仕方ないと、無理矢理自分を納得させた。わかりあえるはずなどないと、再会を拒んだ。生身の母と対峙《たいじ》し、私の中にいる母との答え合わせをすることを避けた。本当のことを知るのが怖かった。だからこの家に初めて足を踏み入れたとき、まだ生々しく残る母の気配に、足がすくんだのだ。

私に会うためにバスに乗り、座席から立ち上がることができなかった母と、まるっきり同じだ。

そっと伸ばした指先が、固い感触に触れる。お湯で温まった鏡の表面が、次第に熱を失うまで、私は鏡の中の自分の頰に触れていた。

今はもう、怖くない。この島で出会った女性たち——梨依紗や晶さん、藤子さん、陽菜の母親も、みんなそれぞれ、違う悩みを抱えていた。彼女たちを通して、ひとりの女性としての母の輪郭が、ぼんやりと浮かび上がる。

どういう因果か私は、かつての母と同じ道を辿《たど》っている。その瞬間までの日々を、母はどんなふうに過ごしたのだろう。うろたえただろうか、取り乱すことはあっただろうか。私と同じように、不安に押し潰されて眠れない夜があっただろうか。

浴室を出てショーツとタンクトップを身に着けたところで、目の前の引き戸が開いた。

伊吹が立っていた。私が風呂場にいることに気付かなかったのか、目を真ん丸にしている。私の方でも、どしゃ降りの雨のせいで、玄関の物音が聞こえなかった。

「……おかえり」

伊吹は口を半分開けたまま、ただ私を見つめている。傘をささずに帰ってきたのか、シャツまでずぶ濡れだ。髪の毛から落ちる滴が、板張りの廊下に水玉模様の染みを作っている。

「夕飯、食べ過ぎちゃってさ」

　とりあえず、笑顔でお腹をさすってみる。場を和まそうとしてみたが、無駄だったようだ。ガタ、と音をたてて、伊吹が床に尻もちをつく。後じさった拍子に、敷居の溝にかかとが引っかかったらしい。呆然と私を見上げる顔が、紙のように白い。

「えーと……さっき、熱が下がったら、伊吹君に聞いて欲しいことがあるって、話したよね。つまり、そういうこと」

　伊吹と私と、いなくなった母の三人で、ずっとこの家で暮らしていく。それはもう、どうしたって無理なのだ。

「六ヵ月、なんだよね」

　薄いタンクトップの裾を引っ張り、もう随分目立つようになったお腹を見せる。ろっかげつ、と伊吹が、顔の下半分だけを動かし、オウム返しに呟いた。

　予定日は今年の十二月。もうすぐ私は母になる。私は母になるために、母を知るために、この島に導かれたのかもしれない。座り込んだまま立ち上がることができずにいる伊吹を見下ろしながら、そんなことを思った。

　湿気の籠った洗面所で向かい合う私たちの上で、雨がまだ屋根を叩いている。

第七話　本漬け

「最近、おかしかねぇか」

「何が？」

すっとぼける私を、烏丸はレジカウンター越しにじっと見つめる。結局、「まぁ、いいけどよ」と呟き、お釣りを受け取って帰って行った。

まずいな、烏丸にまで心配されるなんて、よっぽどだ。いつもの席に陣取った川添やナギさん、マコさんも、額をくっつけ囁き合っている。

「一体、何があったんやろな」

「マスターが妙にピリピリしとる。痴話喧嘩やろか」

「いやいや、ひょっとしたら逆に、とうとうデキてしもうたのかも——」

派手にガラスが割れる音がした。伊吹が棚からグラスを取り落としたのだ。三人は顔を見合わせ、そら見たことかと言わんばかりにはしゃぎ出す。

「やっぱり、わしの言う通りやんか！」

「旅館の若旦那とは、どうなったんやろ」

「三角関係で、逆に弾みがついたんやろ」

「あのー、全部聞こえてるんですけどね」

キャッキャと色めき立つオヤジたちに、一応釘《くぎ》を刺しておく。伊吹は床にしゃがみこみ、割れたガラスを拾っている。

できたといわれれば、確かにできた。ただし六ヵ月も前に。

我ながらよく隠し通したものだ。ゆったりとしたTシャツやワンピースを着て猫背の姿勢でごまかしてきたが、お腹は日に日に大きくなっている。伊吹以外の人間に気付かれるのも時間の問題だ。

『どうして、もっと早く話してくれなかったの？』

あの夜、脱衣所から居間に場所を移し、私と伊吹はいつかのように膝を突き合わせた。私は、亀のように首を縮こめた。伊吹が別人のように険しい顔をしていたからだ。

『あの薬は？　生理痛だなんて、嘘だよね』

『産婦人科で貰った、鉄剤と胃薬。妊娠してからずっと、貧血気味でさ』

伊吹は渋い顔をし、指先でこめかみを揉んだ。ときどき私の腹部に視線を落とし、すぐに落ち着きなく目を逸らす。

『相手は、どういう人？』

『もう別れたから関係ない。知らせるつもりもない。伊吹君に話そう、と思ったんだけど、延ばし延ばしにしているうちに、どんどん言いづらくなっちゃって……』

妊娠発覚後、私はまず、唯一の親戚である大叔母を頼った。だが『アナタだけでも厄介なのに、赤ん坊なんて絶対ごめんよ』『さっさと始末しちゃいなさい』と突っぱねられた。貯金も仕事も住居もなく、頼る当ては伊吹しかなかった。だからもし、大叔母と同じように伊吹にも拒絶されたらと思うと、怖くて言い出せなかった。

――いや、正直に言えば、狡《ずる》い打算があった。見ず知らずの母の夫は、電話の声の調子を聞く限り気弱そうな男だし、押しかけ居候としてできるだけ長く寄生してやろう、と考えていた。そもそも母亡きあと、二十代の若い男が瀬戸内の離島に留まる理由もなかろうし、私の図々《ずうずう》しさに耐え兼ねて、向こうの方から家を明け渡してくれないだろうか、などとも企んでいた。とにかくあの頃の私は、雨露を凌げる場所が欲しかったのだ。工場の寮を追い出され、住む場所を失うことの痛手を思い知らされていたから。

長い沈黙の後、伊吹は冷ややかな声で『槙生ちゃんが全然俺を信用していないってことが、よくわかったよ』とだけ言った。

「伊吹君、箒と塵取《ちりと》りを持ってこようか？」

「いい。槙生ちゃんは手を出さないで」

取り付くしまもない。ガラスを拾う伊吹のつむじを見下ろしながら、こっそり溜息をつく。妊娠発覚から一週間。伊吹は私に対し、別人のようによそよそしい。そして異常なほど過保護だ。店ではもちろん家でも、洗濯物を干そうとすれば洗濯籠を奪い取り、風呂上がりにアイスキャンディーを齧っていれば、お腹が冷えると小言を言う。だからといって、私の妊娠を歓迎する気配もない。庭に迷い込んだ野良猫を気に懸けつつも、家に居着いてしまわないように無理をして冷たくしている、というようにも見える。

伊吹はきっと、妊娠中の私を家から放り出すようなことはしない。だからといって『秘密にされたのは傷ついたけど、これからは、いなくなった楓さんと俺と槙生ちゃん、生まれてくる赤ちゃんの四人で、仲良く暮らしていこうね』という都合のよい展開に運びそうもない。

川添たちが帰ってしまうと、店は私と伊吹の二人だけになる。客がいないときは座っていろ、といわれているので、仕方なくスツールに腰を下ろす。しかし、ひどく手持ち無沙汰だ。閉店時間を迎えても、店の掃除はおろか帳簿付けさえさせてもらえない。

「私、先に帰って洗濯物でも畳んでようかな」

「すぐに済ますから、座って待ってて」

「子供じゃないんだし、ひとりで帰れるよ」

「最近この辺りを変な男がうろついてるって、川添さんが言ってたでしょ。何かあってからじゃ遅いんだよ」

口うるさいな、と思いつつも、今は立場的に何も言えない。せめて店のドアのプレートくらいは裏返そうと、スツールを下りる。いつまでこの緊張感が続くのか……と、暗澹たる思いでドアを押す。その瞬間、きついタールの臭いがした。暗闇の向こうで、大きな影がのそりと動く。

「槇生ちゃん、どうしたの⁉」

私の絶叫を聞いた伊吹が、モップを持ったまま駆けつける。店のネオン看板に照らされた人影は、一目散に逃げていった。

「ごめん、なんか、猿……いや、狸《たぬき》かな。急に飛び出してきたから、びっくりしちゃった」

「猫じゃなく？」

「そう、猫！　猫だね！　いやー、この辺はほんとに猫が多いね！」

動揺のあまり、妙な言い訳をしてしまった。何だ、狸って。

ドアプレートを引っくり返し、店内に戻る。最近客のあいだで噂になっている不審な男の人物像と、逃げていった後ろ姿が、ぴたりと重なる。

あの男だ。どういうつもりかわからないが、あの男が、私に会いに島に来ているのだ。

動揺を隠し、「なんかお腹空いたなー」と伸びをする私を、伊吹はモップを持ったまま不審そうに見ていた。


『民宿　川田屋《かわだ》』は、旅館やホテルとは違い、病院のように素っ気無い造りの建物だった。昼下がりの時間帯だからか、人の気配がない。受付カウンターに置かれていた銀のベルを何度か鳴らしてみたが、一向に誰も現れない。本当に営業しているのだろうか。

「あのー、すみませーん」

声を張り上げながら探索し、食堂らしき場所を覗いてみる。小学校の教室ほどの広さの場所に長テーブルが六つ置かれ、一つのテーブルの一角に、人だかりができていた。三角巾と割烹着姿の女性たち、板前風の白衣の男性、水色の制服を着た清掃員、それに、宿泊客なのか近所の住民なのかわからないステテコ姿の老人までもが、揃ってテレビにかぶりついている。どうやら、朝ドラの再放送のようだ。「おーい」と呼び掛けても完全に無視される。不用心だし、牧歌的すぎやしないか。

諦めて受付まで戻り、自動販売機の横に置かれたソファに座る。しばらく待ち伏せしていると、自動ドアの向こうから、痩せた男が歩いてくるのが見えた。色褪せたジーンズのポケットに手を突っ込み、反対側の手で、コンビニエンスストアの袋をぶらぶらと揺らしている。最後に見かけた日に比べて、別人のように老けていた。髪の毛の量が多く黒々としているので、ところどころに生えた白髪も目立つ。

男は自動ドアを抜けてからようやく私に気付き、はっと身をすくませた。

「なんでここが……」

「こっちの台詞《せりふ》だよ」

昨夜家に帰ってから、私は伊吹の目を盗み、本棚からタウンページを引っ張り出した。こういう島では、インターネットに情報を載せていない宿も多い。一軒一軒民宿やホテルに電話を掛け、八島正臣《やしままさおみ》という人が宿泊客にいないかを問い合わせた。しかしこのご時世、そう簡単に個人情報を明かしてもらえるはずがない。老舗旅館の若旦那・佐智生さんのネットワークを頼ることも考えたが、三軒目の電話で、早々に正体が明るみに出た。男ではなく、私の。

『あなた、槇生さんでしょ。ぬか漬けスナックの』

受付の女性は、ランチタイムの常連客のスミさんだった。コーラスサークルで耳を鍛えているせいか、一発で私の声だと気付いたらしい。少々心苦しかったが、スナックの客の旅行者がカードケースを忘れていった、保険証やキャッシュカードが入っていたので至急連絡が取りたくて、と嘘をついた。

　スミさんはちっとも疑うことなく宿泊名簿を調べ、他の知り合いにも当たってくれた。『民宿　川田屋』に素泊まりで四日ほど滞在している八島は、要注意人物として、従業員からマークされていたらしい。薄汚れた風体で覇気がなく、部屋に籠りきりで食堂にも顔を出さない。夕方から夜にかけては島の飲み屋を渡り歩いているようだが、スミさん曰《いわ》く、『だってこんな離島に来て、観光でもなく飲み屋街をうろつくだけなんて、絶対おかしいじゃない』ということだ。

『妙なことを考えてるんじゃないかって、みんな心配してるのよ。交代で、さりげなく部屋の様子を窺ったりしてね』

『みなさん、ずいぶん優しいですね』

　あいつはそんなタマじゃないですよ、と言いそうになり、慌てて口をつぐんだ。だが、死ぬ死ぬと大騒ぎをして同情を集め、本当に死ぬ気もないのにうっかり死にそうになり、周囲に大迷惑をかけそうなタイプではある。

『やーだ、そんなんじゃないのよ。部屋でおかしなことをされたら、宿としては大損害じゃない。専門の業者を呼んで消毒して、お坊さんも呼んで、状況によっては内装工事をすることだってあるのよ』

スミさんは心底困ったように溜息をついた。清々しいほどにサバサバしている。

今私の目の前にいる八島には、確かに、そういう心配をされそうな雰囲気がある。下瞼に浮いた隈といい、やつれてこけた頬といい、無精髭といい、非常にわかりやすくやさぐれている。あざといくらいだ。

「あなた昨日、うちの店を覗いてたよね。尾《つ》けまわされるのは迷惑なんだけど」

「久しぶりに会えたのに、そんなに冷たくするなよ」

八島は不貞腐れたように言い、唇を尖らせた。五十近いおっさんの子供じみた表情に虫唾《むしず》が走る。だがかつては、そういうところを好ましいと感じていたのだ。昔の自分の胸ぐらを摑んで引っぱたいて、正気に戻してやりたい。

「ここで立ち話もなんだし、部屋で話さないか」

「行くわけないでしょ」

ポケットから鍵を出す八島を睨みつける。どうやら私は、相当舐められているらしい。

朝ドラの再放送が終わったのか、食堂の方から、どやどやと人が出てくる。

「うちはな、結局のところ、気心が知れとる幼馴染と結婚した方がいいと思うんよ」

「いや、いかん。ああいうのに限って、結婚したら豹変《ひょうへん》するんや」

「あの調子じゃ、もれなく姑がくっついてきそうだしねぇ。……あら、あんた」

後ろ姿では気付かなかったが、清掃員の制服を着ていたのは、コーラスサークルの部長・美千代さんだった。私に気付き、意外そうに足を止める。

「何してんのよ、こんなとこで」

「店のおつかいで、近くまできたもので」

八島はというと、私たちに背を向け、わざとらしく自動販売機をいじっている。

「あんたがこんなところで油を売ってたら、マスターが迷惑しちゃうじゃない」

「今日は定休日ですから。そういえば私、美千代さんにおすすめされたアイドルの動画、見つけられなかったんですけど……何でしたっけ、TATでしたっけ」

「TAAよ！　私がチャンネル登録してあげるから、貸しなさいっ」

スマホを奪われ、素早い動作であれこれと操作された。なぜか待ち受け画面まで、初めて見るアイドルの画像に変えられてしまった。

来週のランチメニューの話などをして、そそくさと民宿を出る。海沿いの道を大股で歩きながら、後ろに八島の気配を感じる。二人きりになどなりたくないが、誰かに話を聞かれるのは困る。闇雲に歩いているうちに、いつか佐智生さんと釣りをしたときのような波止場に辿り着いた。ここなら見晴らしが良く、適度に人目もある。海に張り出すように作られた堤防をずんずん歩き、行き止まりで足を止める。いそいそと近付いてくる八島に、「そこから一歩たりとも近寄らないで」と釘を刺した。

「今更、何の用？　どうしてここがわかったの」

八島は答えなかったが、おおよその見当はつく。失業届を出すために前の勤務先から離職票を取り寄せたので、そこから情報を掠め取ったのだろう。

「槇生、変わったたな」

「そう？」

「この島の人と、ずいぶん打ち解けてるみたいだ。昔はそうじゃなかっただろう」

「そうだね。だから、あなたみたいな男に引っ掛かったわけだしね」

私の当て擦《こす》りに、八島は極まりが悪そうに苦笑した。

八島に出会ったのは、私が冷凍シューマイの製造チームから異動になり、ようやく冷凍グラタンの上に小海老を載せる作業に慣れてきたところだった。新しい工場長として食品メーカーから出向してきた八島は、誰に対しても馴れ馴れしい男だった。休憩室の片隅で弁当を食べる私に忍び寄り、『うまいな、これ』と屈託なくぬか漬けをつまみ食いするような、距離感のない男だった。

素っ気なくあしらっても平然と付きまとってくる八島に、私も多分、まんざらでもなかったのだろう。だからあの夜、滅多に参加しない職場の飲み会に出席し、酔い潰れた（ふりをした）八島を介抱し、なんだかんだでそういう場所に連れ込まれてしまった。私にもきっと、隙があった。そもそも、それからだらだらと一年以上も関係が続いたのだから、被害者面はできない。

「私、あなたの奥さんに、もう二度と二人きりでは会わないって念書を書いたんだけど」

「もう奥さんじゃないよ。離婚したんだ」

「へぇ」

「それだけ?」

他に何を言えというのか。

始まりは、スマートフォンに掛かってきた非通知の着信だった。八島の妻です、と名乗る女性の声には、一切の抑揚がなかった。透き通った綺麗な声だが、機械がテキストを読み上げているような、独特の話し方だった。初めは悪戯電話を疑った。だが彼女の声の後ろから「ちょっと待ってよ、落ち着こうよ」という八島の泣き言が聞こえた瞬間、諸々を覚悟した。

喫茶店で対面した彼女は、電話の印象の通り、凛とした美しい女性だった。彼女は終始冷静で、声を荒らげたり、私を引っぱたいたりすることはなかった。ただ彼女が語ることと、八島が今まで私に聞かせたこと――『妻とはとっくに終わっていて、もう少し娘が大きくなったら離婚することで合意している』『あっちにも恋人がいるんだよ』──は、まるで違っていた。彼女の隣で黙りこくる八島の表情を見れば、どちらが正しいかは明らかだった。

　私はその場で、八島との関係を清算することを約束した。速やかに仕事を辞め、辞めたあとは二度と八島に近づかない、という念書を書き、判を捺《お》した。そのとき、念書を取り上げようとした彼女の手と、私の手がかすかに触れた。ひどく冷たいと感じたので、彼女の方は逆に、私の手の温かさをはっきりと感じたはずだ。

　彼女は弾《はじ》かれたように手を放した。まるで私が、突然彼女の頰を平手打ちでもしたかのように、恐怖と驚きが入り混じった表情だった。

　そこにいたのは、八島の妻という架空じみた存在ではなく、傷ついた生身の女性だった。そのときになって私は、自分と八島のだらしない関係が、目の前にいる女性をめちゃくちゃに痛めつけたのだと、ようやく気付いた。

　彼女は念書を鞄《かばん》にしまうと、代わりに、淡い桃色の封筒を取り出した。子供のお年玉袋ほどの大きさのものだ。

『あなたの忘れ物。この人の車のシートに落ちてたの』

　小さな板チョコのモチーフのピアスが、片方だけ入っていた。玩具《おもちゃ》のようなデザインの、可愛らしいピアスだった。

　八島は彼女の横で、修行僧のような顔で目を閉じていた。

髪の毛をおろしてきてよかった、と思った。きっと彼女は、私の耳たぶに穴が空いていないことに気付かなかっただろう。

一番ではないことに薄々気付いてはいたが、二番ですらなかったのだ。

「槇生、ライター持ってないか」

八島は煙草をくわえ、顔をしかめてマッチを擦っている。小さな箱には、民宿の名前が入っていた。湿気《しっけ》ているせいで、上手く火が点けられないらしい。

「持ってない。ここでは吸わないで」

「煙草やめたのか」

海沿いの道に、梨依紗の姿を見つけた。隣には、ランドセルを背負った玲音がいる。肩に野球のバットを掛けるようにして歩いている。二人はすぐに私に気付き、よく似た笑顔で手を振ってくれる。私も笑顔を作り、大きく手を振った。八島が知ったような顔で、「本当にこの島に馴染んでるんだな」と言う。

「空気も水も景色も綺麗で、いいところだよな。俺も越してこようかな」

「やめてよ」

ぞっとした。自分の大切なものを、不躾に撫でまわされたような気分だった。

「家を追い出されて、仕事も辞めて、行くところがないんだよね」

「ふーん、どこかで聞いたような話だね」

「いじめないでくれよ」

私が工場に退職届を出してから寮を出るまでのあいだ、同僚たちの間では、私が八島に一方的に恋心を募らせストーカーになり、八島の自宅に無言電話等の嫌がらせを繰り返したあげく慰謝料沙汰になった、という噂がまことしやかに囁かれていた。発信源は明らかだ。八島はそういう、どうしようもなく臆病な男だった。

反論する気はなかった。本当のことを話したところで、誰も私の言い分になど耳を貸さないと、わかっていた。自分が蒔《ま》いた種だ。工場で働き始めてから十六年間、徹底して人付き合いを避けてきたから。

「チョコレートのピアスの子のところに行けば？　どうせ、奥さんに愛想をつかされたのは、その子が原因なんでしょう」

「そっちこそ、スナックの男と付き合ってるって、本当なのか」

「だったら何よ」

「そんなの、ちょっと狡いんじゃないかな」

「は？」

「俺は君のために何もかも失ったのに、君はこの島で、新しい暮らしを始めてる。不公平じゃないか」

「え、ちょっと待って、本気で言ってるの？」

素っ頓狂な声を出してしまった。八島を凝視する。八島は私の視線を避けるように目を伏せた。本気で言っている、というよりは、自分は悪くないのだと、自分自身に必死に信じ込ませようとしているのかもしれない。そうだ、昔から、そういう男だった。

「私、あなたの奥さんには悪いことをしたと思ってる。だから慰謝料も払った。でもあなたには、何ひとつ負い目がないよ。私のために失った、って――あなたが、私のために何かを捨てたことなんて、一度でもあった？」

むしろ、誰のためにも何ひとつ捨てたくなくて、腕からこぼれ落ちるほど抱え込み過ぎて、妻から捨てられたんじゃないのか。

「……あんまりがっかりさせないでよ、八島さん」

腹立ちは湧かなかった。悲しみというよりは、いたわりにも似た、乾いた感情が声に滲む。八島の肩が、びくりと引き攣《つ》った。

「わざわざそれが言いたくて、この島まできたの？　じゃあ、もうそれでいいよ。全部私のせいだと思えばいいよ」

「ごめん、違うんだ！　俺はただ、もう一度君に会いたくて――」

かろうじて八島を守っていたものが、ボロボロと剝がれ落ちてゆくのが、目に見えるようだった。八島の惨めな姿を見ると、少なからず胸が痛んだ。

そっとお腹に触れる。いつか陽菜が、『ママは他人に戻れても、私にとっては一生、私のパパなんだから』と言っていた言葉を、思い出してしまう。

「もう帰りなよ」

精一杯優しい声で言う。八島は長い沈黙のあと、「一緒に帰ろう」と消え入りそうな声で呟いた。だめだ、一瞬でうんざりしてしまった。

「もー、だからやめなよ、そういうの。帰れ帰れ」

「一緒に帰ってくれないなら、一緒に死んでくれ」

「え」

だらしなく伸びた前髪の隙間から覗く鋭い目に、ぎょっとした。八島が私の方に、大きく一歩踏み出す。迫りくる八島の手から逃れようとしたが、生憎《あいにく》私の後ろは海だ。あっけなく両肩を鷲掴みにされる。

「やめてよ、今更」

本気じゃないことはわかっているが、こんな場所で揉み合って、足を滑らせたら、と思うと血の気が引いた。八島はずぶ濡れになるくらいで済むが、私はそうはいかない。

「頼むよ槙生、俺は寂しいんだよ」

耳に生暖かい息が吹きかかり、鳥肌が立った。初めての夜を思い出した。

――寂しいんだよ、俺はさ。

当時の八島は、素面のときから誰彼構わずに、『いやー、うちは家庭内別居だからさ』と話していた。子供が生まれてから全然奥さんに相手にされなくて、と笑う様子に、深刻さはなかった。もはや定番というか、持ちネタになっていた。

そんな八島が、酔い潰れて嘔吐物《おうとぶつ》にまみれ、寂しい、寂しい、と嘆く姿に、私は呆気にとられた。大の大人が、こんなにも情けなくていいのかと、目を覚まされた思いだった。こんなにもみっともない男にならば、自分のみっともなさを晒け出してもいいかもしれない。そう思ったから私は、あの夜八島を受け入れたのだ。低すぎる自己肯定感と高すぎるプライドが絡み合い、ねじくれまくった挙げ句に始まった不倫だった。

そして、ずぶずぶにはまってしまった。八島が口癖のように呟く『寂しい』を、あっさり丸呑みにしてもまだ足りないくらいの浅ましい寂しさが、私の中でぱっくりと口を開けていた。いつも八島に対しては斜に構えていたし、仕方ないな、というスタンスを取っていたけれど、本当の意味ですがりついていたのは、私の方だ。

摑まれているのは肩だけなのに、喉を押さえつけられたかのように、息が苦しい。目の前にいるのが、八島ではなく、この島に来る前に捨てたはずの自分に見えた。

きつく目を閉じ、大丈夫、と自分に言い聞かせる。もし私が思い切り体当たりをすれば、きっと八島は後ろによろけて尻もちをつく。その隙に逃げ出せばいい。

大丈夫、何とかなる。今までだって私は、ずっとひとりでそうしてきたんだから。

目を開けて八島を睨みつける。ひゅう、と隙間風のような音が喉から洩れた。

「……たすけて」

震える声が出た。大きく息を吸う。喉にへばりついた何かを吐き出すように、私は力いっぱい叫んだ。

「助けてーーー！　誰か、助けてーーーー!!」

島中に響き渡るような大声だった、島全体がちょっと揺れた、などと、のちに人は言う。

私の絶叫に、八島はさすがに怯《ひる》んだようだった。肩に食い込む指の力が弱まる。その瞬間、八島の背後に何かが見えた。大空を舞う白鳥のように軽やかに跳躍する、梨依紗だった。しなやかな手には、木製の野球のバットが握られていた。


「俺が出る幕、なかったね」

台所でお茶の用意をする伊吹が、意気消沈したように呟く。

「槙生ちゃんが暴漢に襲われたって聞いたときは、心臓が止まるかと思った」

「ごめん……まさか、ああいう事態になるとは思ってなくて」

あのあと八島は、玲音の練習用のバットを持った梨依紗に襲い掛かられ、情けない悲鳴をあげて観念した。騒ぎを聞きつけた誰かが通報してくれたらしく、パトカーや野次馬も集まって、ちょっとした騒ぎになった。

実際、八島に本気で心中をする気などなかったと思う。子供が駄々を捏《こ》ねていたようなものだ。ただの痴話喧嘩です、と説明して警察には帰ってもらったが、八島は厳重注意のもと、明日のフェリーの出港時間まで民宿の一室に幽閉されることとなった。

伊吹はあらかた落ち着いた頃、血相を変えて自転車でやってきた。後ろの荷台には、なぜかバリカンを持った烏丸が跨っていた。

「梨依紗さんに、改めてお礼を言わないとね」

「正直言って、ときめいちゃったよ。颯爽とあらわれて『その人から手を放しなさいっ』って、びしっとバットを突き付けてさ。宝塚のヒーローみたいだった」

卓袱台を挟み、向かい合って座る。煮出したオリーブ茶を、伊吹がマグカップに注《そそ》ぐ。妊娠が発覚した日から、伊吹はコーヒーや紅茶を淹《い》れなくなった。爽やかな香りの湯気の向こうから、伊吹が私の腹部を見つめているのがわかる。

ちゃんと話そう、と思う。もしかしたら軽蔑されるかもしれない。でも、もう伊吹に嘘をつきたくない。

「あの人ね、前の工場の上司だったんだ。付き合っているときは、奥さんがいた人」

生理が遅れていることに気付いたのは、仕事も住居も貯金も失い、ネットカフェで暮らし始めて、数日が経った頃のことだ。十代の頃から一度も周期が乱れたことがなかったので、すぐに妊娠検査薬を試した。

「初めは、何かの間違いだと思った。嘘でしょ、そんなわけないって、そればっかり考えて、頭が真っ白になって……だけど病院で先生にエコー写真を渡されたときに、ああ、ちゃんとここにいるんだな、って——」

そっとお腹を撫でる。あの瞬間の気持ちを伝えようとすると、陳腐な言葉しか思いつかない。口にした途端に、ありふれたものに変わってしまう。

医師は私に、『おめでとうございます』と微笑んだ。そういう決まりなのか、私が、そうとしかいえない顔をしていたのか。

モノクロのエコー写真には、黒いそら豆のようなものが写り込んでいた。胎嚢《たいのう》という、赤ちゃんが入るための袋だと説明された。

『この中の、白いものは何ですか』

『胎芽ですね』

『たいが……』

『胎児になる前の段階を、そう呼びます』

楕円形《だえんけい》の黒い袋の上部にしがみついた、目を凝らさないと見逃してしまいそうな、白いつぶ。私にはそれが、光に見えた。真っ暗なトンネルを歩き続けた末にようやく見つけた、たったひとつの光だった。

　小さな光は、私の中でぱっくりと口を開けていた底なしの穴を、一瞬で満たした。もっともっとと、吸い込むばかりだった場所から、あたたかなものがとめどなく溢れ、溺れそうになった。

　この島で私は変わった。だけど本当に変わったのは、あの瞬間だったと思う。

「槇生ちゃんは、あの人とやり直すつもりはないの？」

「絶対にない。だから、これから思うように働けない時期もあるかもしれないけど、伊吹君にはなるべく迷惑をかけないようにするから――」

「それは無理だよ」

　私の言葉を、伊吹が静かに遮る。温かいマグカップに触れているはずなのに、指先が冷たくなる。

「迷惑をかけないなんて、無理だと思わない？　赤ちゃんが生まれてきたら、きっと毎日てんてこ舞いだよ。夜泣きもするし、熱を出したり、逆に槇生ちゃんが寝込むとだってあるよね。今の俺たちには想定外なことが、たくさん起こると思う。誰にも迷惑をかけずに子育てするなんて、無理だよ。今だって俺、槇生ちゃんに何かと迷惑をかけられてるし」

淡々とした伊吹の言葉に、私は返す言葉もなく俯いた。

開け放った広縁の窓から、夏の虫が鳴く声が聞こえる。伊吹が立ち上がる気配がする。また寝室に行ってしまうのだろうか、と思った瞬間、体の右側に、かすかな温かさを感じる。伊吹が私の隣に座っていた。私の手からマグカップを取り上げ、卓袱台に置く。そのまま両手を握られた。大きくて薄い伊吹の手は、思ったよりもずっと柔らかかった。

「迷惑とか、そういう言葉を使うのは、今日でやめよう。少なくとも、この家では」

私の手を握ったまま、伊吹は、自分の中の言葉を拾い集めるかのように、ゆっくりと話し始めた。

「俺さ、楓さんの病気が分かったときに、すぐに入籍しようって言ったんだ。戸籍上の家族じゃないと、不都合なことがたくさん出てくると思ったから。少しでも楓さんの近くに居たかったし、できることがあるなら、何でもしたかった。そのときに楓さんから、ひとつだけ約束をさせられたんだ」

繋いだ手に力が籠る。伊吹の声が震えていた。

「結婚してあげてもいいけど、自分が死んだあと、絶対投げやりになるなって。ひとりになっても、ちゃんと幸せになる方法を探せって。それができないなら今すぐ別れる、失踪して野垂れ死んでやるって、脅しみたいに言われてさ」

「何、それ……。どれだけ上から目線なの。すっごい自信」

皮肉な言葉とは裏腹に、鼻の奥がツンとした。伊吹も苦笑いで、洟をすすった。

「楓さんがいなくなってから、一分一秒がすごく長かった。俺の残りの人生、平均寿命でいったら大体五十年くらい？　長いなー、きついなー、って、ずっと思ってた。店の帰りに堤防の上を歩きながら、うっかり足を踏み外して海に呑み込まれないかな、とかも考えた」

葬儀の日、立っているのがやっとなほど、伊吹は憔悴していた。そんなふうに思うのも無理はない。突然家に押し掛けた私を、はねのける気力もなさそうだった。

「だけど店からの帰り道に、家に灯りがついているのが見えたときにさ。俺には、灯台みたいに見えた。ぎりぎりのところで、こっちの世界に繋ぎ留められてる気がした」

母の死後、ほとんど部屋に閉じこもりきりだった伊吹が、店を開け始めた頃のことを思い出す。まだ私が――きっと伊吹も、相手とどこまで歩み寄って良いかわからず、おっかなびっくり暮らしていたときのことだ。

『堤防沿いの道から、家の灯りが見えてさ。ちゃんと槇生ちゃんがいるんだなって思ったら、ほっとした』

その言葉の本当の意味を、私は今日、初めて知った。

「お腹に、触ってもいいかな」

胸が詰まって、言葉が出てこなかった。ただ、繋いだままの手を動かし、伊吹の手を自分のお腹に導いた。手のひらに丸い輪郭を感じると、自分の中の何かが、丸く柔らかく、膨らんでくるような気がする。

「槙生ちゃん、俺、この子に会いたいよ。自分勝手な理由だけど、この子がいてくれたら、楓さんとの約束を守れそうな気がする」

ああ、もうだめだ。伊吹の目に映る私の顔は、きっとみっともなく、ぐしゃぐしゃに歪んでいる。

「私も、自分勝手にこの子を産んでいいかな。この子が可愛くて、抱きしめたいっていう理由だけで、産んで、育ててもいいのかな」

「愛情なんてそもそも、自分勝手なものだよ」

伊吹らしい言い草に、洟をすすりながらも笑ってしまう。

私も伊吹も、暗闇の中で、きっと同じものを見つけたのだ。ようやく出会った小さな光を温めるように、私たちは長いこと、お腹の上で手を重ねていた。

フェリー乗り場に現れた私と伊吹を見て、八島はぎょっとした様子だった。旅館で働く屈強なおじさま方が、遠巻きに八島を監視している。

「何しにきた？　俺を笑いにきたのか？」

言葉も表情もいちいち芝居がかっている。伊吹が何ともいえない顔で私を見たが、気付かないふりをした。家から持ってきたプラスチック容器の蓋を開け、八島に差し出す。

「これ、食べてみて」

今朝ぬか床から取り出したばかりの胡瓜と人参を、薄切りにしたものだ。八島はおそるおそる胡瓜のぬか漬けを摘まみ、口に入れた。その表情に、戸惑いの色が滲む。

「もうあなた好みの味じゃないでしょう。変わらないものなんて、ないんだよ」

「これ以上、叩きのめさないでくれよ……」

「そう？　励ましたつもりだったんだけどな。持っていって、船で食べて。容《い》れ物は捨てて。絶対に返しにこないでよ」

八島は口をへの字にしつつも、おずおずと容器を取った。一瞬だけ手が触れ合い、ああこんなふうに、何度も洗って日干しにしたタオルケットのような感触の肌だったな、と思い出す。ざらざらした感触の肌が、お互いの汗を吸ってくったりと馴染んでいく感触に、泣きたいほど安心した瞬間が、何度もあった。

「八島さん、ありがとう」

八島が目を剝いた。抱き合うことだけは何度もしたのに、こんなふうに素直に思いを伝えるのは、初めてだった。

「あなたに会ってなかったら、私、今もずっとひとりだった。寂しいって、助けてって、全身で叫べなかった」

八島はしばらく私を見つめていたが、やがて、観念したように背を向けた。「ありがとうは、ごめんなさいよりもきついな」という、ひと昔前のトレンディドラマのような呟きは、聞こえなかったことにする。

「なんだか、すごく恰好つけた感じの男だったね」

次第に小さくなるフェリーを見送りながら、伊吹が白けた様子で言う。

「でしょ。でも、必死に恰好つけようとしてるのに、全然恰好がついていないところが、逆にいじらしくない？」

「前から思ってたけど、槇生ちゃんの趣味って変だよ」

「伊吹君に言われたくないな」

フェリーから到着したばかりの人々が、ぞろぞろとシャトルバス乗り場へと歩いてゆく。私と伊吹もあとに続いた。

「俺はさ、槇生ちゃんがお母さんになるって知ったとき、相手の人と復縁して、親子三人で暮らすのが一番いいと思ったんだ。本当は槇生ちゃんも、それを望んでるんじゃないかって。今更俺を置いて、家を出られないんだと思った。だから頑張って、冷たく振る舞ってみたりしてさ」

「ああ、あれはそういう……」

「でも決めた。やっぱり俺は、あんな人に娘はやれない」

娘って、私のことだろうか。黙り込む私を見て、伊吹は「戸籍上は違うけど、事実上はそうでしょう」と畳みかける。

「いやー、えー、どうかなぁ……」

「じゃあ槇生ちゃん、今まで、どういうつもりで俺と暮らしてきたの？　酷いよ」

「でも私が娘ってことになると、伊吹君は来年にはおじいちゃんになるわけだけど、平気なの」

「俺はもとより、その覚悟だよ」

伊吹のみなぎるやる気に困惑しながら、バスに乗り込む。伊吹にしきりに勧められ、初めて優先席に腰を下ろした。ぽこんとお腹の突き出た女性のマークに、気恥ずかしさと嬉しさが込み上げる。

隣に座った女性は、私よりひとまわり大きなお腹を抱えていた。出産前の旅行おさめか、はたまた里帰り出産か。私の視線に気付いてか、女性の方から「何ヵ月ですか？」と訊いてくれる。

「もうすぐ七ヵ月なんです」

「じゃあそろそろ、性別もわかる頃ですね。おめでとうございます」

温かな笑顔に、胸がいっぱいになる。ずっと妊娠を隠していたから、こんなにまっすぐに祝福されるのは初めてだった。

「性別って、エコーだけでわかるものなんですか？」

「赤ちゃんの角度によると思いますけど……パパも、楽しみですよね」

「あ、僕はパパじゃないです。おじいちゃんです」

吊革に掴まった伊吹が、さらりと言う。

女性は目を丸くし、絶句した。伊吹はおかまいなしに、「男の子かなぁ、女の子かなぁ」などと声を弾ませている。

「改めて考えると俺って、おじいちゃん界のホープだよね。若さでは誰にも負けないもんね」

「でも最近のお年寄りは、みんな元気だからね。マコさんなんか、腹筋が六つに割れてるって自慢してたし」

「いやなこと言わないでよ。俺も、ちょっとは鍛えた方がいいかな」

伊吹が情けない顔で二の腕をさする。女性は終始目を白黒させて私たちの話を聞いていた。

エピローグ

「やばい、ちょっと苦しい……」

鼻の頭に汗が滲む。きっと私の顔には、苦悶《くもん》の表情が浮かんでいることだろう。深く息を吐き、呼吸を整える。ここ数週間で急速に膨らんだお腹が、買ったばかりのマタニティワンピースの生地を押し上げている。

「さすがに食べ過ぎたかな」

「だから大盛はやめた方がいいって言ったのに」

梨依紗が叉焼《チャーシュー》を口に運びながら笑う。私は箸の先で、油膜の浮いたスープの中で泳ぐコーンを追いかけた。濃厚な味噌味のスープに口を付ける。本当なら全て飲み干したいところだが、せめてもの良心で、一口――いや二口するにとどめた。

「でも槇生ちゃん、まだ一度も検診の体重測定で怒られたことがないんでしょう。私なんか、玲音のときは毎回泣かされてたよ。やっぱり、伊吹さんが作るご飯のおかげかなぁ」

「有難いけど、息が詰まることもあるよ。助産師よりよっぽど怖いから」

いつかの約束通り、私たちは向かい合ってラーメンをすすっている。ただし目の前にあるのは人気ラーメン店の丼ではなく、コンビニで買ったカップラーメンだ。私たちは今、高松にある自動車学校の多目的スペースにいる。

「槇生ちゃん、次の授業、満腹で眠くなっちゃうんじゃない?」

「私が眠り始めたら、手の甲をシャーペンで突き刺して起こして」

「いやよ、そんなの」

梨依紗は唇を尖らせてから、「でも不思議ねぇ」と感慨深げに息を吐く。

「槇生ちゃんと毎日教科書を持って、学校に通うことになるなんて思わなかった。大学生って、こんな感じかな?」

いくつも椅子やテーブルが並んだスペースには、学生らしき若者の姿が目立つ。私たちと同じように授業の合間にコンビニ弁当や菓子パンを頰張ったり、筆記試験の対策なのか、肩を寄せ合い教科書を覗き込んでいる子たちもいる。

私が彼らと同年代だった頃、自分の食い扶持を稼ぐだけで精一杯だった。当時は縁遠すぎて憧れることすらなかった光景に、今は梨依紗と一緒にいる。そのことが少し、くすぐったかった。

「伊吹さんは反対しなかったの？　お腹が大きいのに、島をフェリーで往復して毎日通うなんて、心配しそうじゃない？」

「初めは、免許が必要なら俺が取るよ、なんて言ってたけど、伊吹がいないとランチ営業ができないからさ。短期集中コースにしたら臨月の前に卒業できるし、学校から送迎バスも出るから平気、って説得した。だけど昨日ドラッグストアに行ったら、全然知らないバアサンにいきなり絡まれたんだよね」

見知らぬ老婆は、レジ前に並ぶ私の腕を掴むと、『あんた、大きなお腹で、本土の自動車学校に毎日通っとるんやて？　お腹の子供を危険に晒して、母親の自覚がないんか！』と怒鳴った。こちらは相手を知らなくても、相手にはこちらの事情が筒抜けという、田舎あるあるである。

「ええ、それで、どうなったの⁉」

「そりゃ、言い返したよ。だって昔の人って、私は臨月まで畑に出てたのにとか、すぐ自慢するじゃん。それに比べたら自動車学校なんて全然平気ですよ、って。そしたら更に怒り出して、いろいろ早口でまくしたてられたけど、何を言ってるか全然わかんなかった、はは」

「槇生ちゃん、いつも私にタフだって言うけど、あなたも相当よ……」

「そう？　だから気が合うのかな、私たち」

確かに、もう少し早く決断すべきだったとは思う。子供が生まれてからのことを考えると、やはり運転免許と自家用車が必要なのだ。島を走るバスの本数は限られているし、タクシーだってすぐには来てくれない。赤ん坊は夜中に突然発熱することもあると聞くし、そういうときに後悔したくないと思った。ちなみに車は、ナギさんが古いものを格安で譲ってくれるらしい。

「女の敵は女って言葉は、アホらしいと思うけどさ。若いもんに楽をさせたり、自由を味わわせてなるものか！　っていう、崇高な使命感は感じたね。顔つきが、キリリとしてたもん」

「怖い話はやめてよー。でもね、うちの姑は最近、変わってきてると思うの」

なんでも梨依紗も、当初は自動車学校への入学を夫に反対されたのだという。愛する妻の行動範囲が急速に広がりつつあることに焦りを感じたのか、僕がいつでも車を出すからいいじゃない、と不満げだったそうだ。

「そのときね、お義母《かあ》さんが夫に言ってくれたの。『あんたはそうやって、いつも嫁を内へ内へ囲い込みたがるけどな、実際あんたにそんな余裕はないやんか。今は工場の仕事を覚えるだけで精一杯やろ。結局あんたには、いつまでも嫁をお姫様でおらせるだけの度量がなかった、ちゅうことや。そんなあんたに、嫁が変わろうとするんを止める資格はない。好きにさせちゃりなさい』って。夫、ちょっと涙目になってた」

「きっついなー」

「でも私も、免許を取ったら少しは夫の負担を減らせるかな、って。店の商品の配達とか、お義母さんの病院の送迎とか」

梨依紗はハンカチで口許を拭き、照れくさそうに笑った。予鈴が鳴り、私たちは次の授業のために講義室への階段を上る。梨依紗のワンピースの二の腕は、日焼けのせいか、まだらに皮が剝けていた。先週、小学校の野球部の保護者たちとバーベキューをしたらしい。

「槇生ちゃん、私ね、島に移住するときは、すごく嫌だった。でも今は、もっと早く引っ越せばよかったなって思ってる」

「まぁ、良いところもあれば、悪いところもあるけどね」

たとえば晶さんのように、島での生活の閉塞感に耐えられないと感じる人もいる。私だって、昨日会った老婆のことを、全く気にしていないわけではない。『大きいお腹で夜の仕事なんて、みっともない』『父親がいない子供を産むくせに、もう新しい男と』などといった言葉が、密《ひそ》かにじくじくと疼《うず》いたりもする。

「梨依紗はさ、東京にいたときは、ほとんどひとりで玲音を育てたの？」

「そうね、夫は激務で残業続きだったし、うちのママには結婚を反対された手前、頼れなかったから。あのときが人生で一番辛かったなぁ」

「ワンオペ育児、地獄のバレエレッスンよりも辛いのか……」

思わず身震いしてしまう。赤ん坊だった玲音は泣きぐずりが酷く、常に抱っこをせがむので、梨依紗はまとまった睡眠時間を取ることができなかった、という。

「一度だけ、赤ちゃんの玲音に『どうして泣き止まないのっ』って、怒鳴ったことがあるの。眠くて疲れてイライラして、どうしようもなくて、泣いてる玲音をベビーベッドに置いて逃げ出しちゃったの」

マンションの外に出た梨依紗は、すぐ外の自販機で缶コーヒーを買った。玲音が泣き過ぎて息ができなくなったらどうしようとか、ベビーベッドの柵が外れて下に落ちたらどうしようとか、不安と恐怖でないまぜになりながらも、梨依紗はコーヒーのプルタブを押し上げた。舌が痺《しび》れるような甘いコーヒーを飲み干し、恐る恐る部屋に戻ると、玲音は泣き腫らした顔で寝息を立てていた。

この話を、梨依紗は夫にも、玲音にも打ち明けたことがないという。

「……軽蔑する？」

「なんで？」

だって、と呟きながら、梨依紗は怯えたように目を伏せる。講義室の席は後ろの方から順に埋まっていて、私たちは前から二列目の席の椅子を引いた。

「あっ、でも、一個だけ質問してもいい？」

思いつきで口を開くと、梨依紗は深刻な面持ちのまま頷く。

「そのコーヒー、めちゃくちゃおいしかったでしょ？」

「……なんてこと訊くの⁉」

梨依紗は悲鳴のような声を上げてから、ぱっちりとした目を、さらに大きく見開いた。ちょっと無神経過ぎたかな、と焦ったが、すぐにくつくつと笑う声が聞こえ、ほっとした。

「うん、おいしかった。生まれて初めて食べたフローズンピーチも、これから食べるどんなスイーツも、あの味には勝てないと思う……」

「だよね、馬鹿ほど砂糖が入ってるもんね。えっ、ちょっと、なんで泣く⁉」

笑っていたはずの梨依紗の瞳から大粒の涙がこぼれ落ち、ぎょっとする。梨依紗は両手で顔を覆い、「わかんない……。でも、何だか、安心しちゃって」と涙声で呟いた。

玲音が立派に大きくなった今でも、梨依紗の中には当時の辛かった記憶が傷痕のように刻まれているのだ。私は重たいお腹を抱えながら、梨依紗の隣に座る。妊娠七ヵ月にさしかかろうとする私の下腹部には、亀裂のような妊娠線ができている。保湿クリームを塗るのをさぼっていたので自業自得だが、出産後も消えないらしい。今後もし私が帝王切開で出産することになれば、もっとはっきり傷痕が残る。そうでなくても、麻酔を使って分娩《ぶんべん》しない限りは、出産には強烈な痛みが伴う。

　すすり泣く梨依紗の横顔を見ていると、育児も同じなのかもしれない、と思う。生まれたての赤ん坊を無事に大きく育てるまでに、今の私には計り知れない痛みや、傷痕を伴うことがあるのかもしれない。

「私はまだ、何も知らないから好き勝手に言うけどさ。母親が赤ちゃんの泣き声にうんざりしたって、寝かせてもらえなくてイライラしたって、当然だよ。スイーツだって食べたいし、飲みに行ったりラーメン食べたり、車で高速をぶっ飛ばしたくなったって、当たり前じゃん。妊娠したら母親は赤ちゃんの付属物になって、子供の笑顔のためなら夜泣きもイヤイヤ期も上等、喜んで！　なんて異常だよ。子供を産んだら母親の自我が消滅するとか、ただのホラーじゃん。だけど、母親が喜んで育児に身を捧《ささ》げている、ってことにしとかないと、都合が悪くなる奴らが沢山いるんだろうねー」

「そうよね、そう思っても、いいのよね。だって未だに、テレビドラマでもＣＭでも、お母さんは、どんなときも子供のことだけを考えて、いつも笑顔で、って――」

　梨依紗は、はっとしたように口をつぐんだ。私も鞄から教科書を取り出しながら、無言になる。

「槇生ちゃん、ちょっと待って、私も、自分のママに対して同じことを思ってたかもしれない」

「……私もそうかも。普通の母親はそうなのに、何故あんたはそうしない、とか、思ってた」

沈黙が生じ、しばらくののち、どちらかともなく「怖《こわ》……」と呟いていた。教官が現れ、生徒たちのお喋りが止まる。梨依紗が小さな声で「たまには、自分からママに電話をしてみようかな……」とひとりごちるのが聞こえた。


海に臨む公園墓地に、涼やかな潮風が吹く。まだ芝生は青々としているが、この島で迎える初めての秋が、すぐそこまできている。

小さな白い墓石には、赤いチョコレートコスモスが供えられていた。まだほのかに、線香の残り香がただよっている。伊吹とかちあわないように時間をずらしたつもりだったが、もう少し間を空けた方がよかったかもしれない。辺りを見回し、伊吹のひょろりとした姿が見当たらないことを確認する。

数ヵ月前の納骨式以来、初めて訪れる場所だった。あのときは、打ちひしがれた様子の伊吹の隣で、大金をはたいてこんなに仰々しいものを用意するくらいなら、海にばらまいちゃえばいいのに、などと罰当たりなことを考えていた。今は、ここにあってよかったと思う。

お墓は伊吹がまめに手入れをしているらしく、汚れひとつない。しきたりなんかは知らないので、私は小さなプラスチック容器の蓋を開け、墓の前に置いた。今年初めての、舞茸と蕪のぬか漬けだ。もう少し寒くなったら、マッシュルームを漬けてみてもいい。きっとぬか漬けピンチョスにも合うだろう。

大きなお腹でしゃがみ込むのはひと苦労なので、私は立ったまま、墓石に向かって手を合わせた。

あの嵐の夜、伊吹は私に、母が亡くなる前に連絡をしなかったことを詫《わ》びた。だけど私は、もし伊吹から連絡があったとしても、会いにいかなかったと思う。弱々しい姿で、今までごめんねなどと言われたら、うっかり母を許してしまいそうだった。許さなくて、よかった。綺麗さっぱり思い残すことなく、あの世に逝かれちゃうなんて御免だ。

私は最後の最後まで、母の心残りになりたかった。それは憎しみだと思っていたけれど、いま振り返ってみれば、まるで違う感情のようにも思える。

「ねぇ」

そっと呼びかける。私は子供の頃から、この人をどう呼べばいいのかわからなかった。ひらひらした服を着て、たまにしか帰ってこないこの人を。

「もうすぐ七ヵ月だよ。——女の子、だって」

私の祖母は、家業を継ぐために見合いで婿養子を取り、夫を早く亡くし、女手ひとつで娘と店を守った。そんな姿を見た母は、家業を継ぐことを拒み、母親として自分を殺して生きるよりも、夢を追うことを選んだ。そして娘の私は、母とはきっと違う選択をして生きてゆく。これから生まれる、お腹の中の私の娘も。

「おばあちゃん」

お母さん、と呼ぶにはまだ、抵抗がある。だけど、お腹の中のこの子を通してなら、私は母と、今までよりも少しだけ素直に繋がれる気がする。

「何よ。不満？　自分がそんなふうに呼ばれる日がくるなんて思わなかったでしょう」

風がコスモスを揺らし、記憶の中の朧《おぼろ》げな面影が、しかめっ面に変わる。くしゃみをこらえるようなその顔は、笑っているようにも見えた。私もきっと今、同じ顔をしている。

「ざまあみろ」

涼やかな潮風が吹く公園墓地で、私は初めて、母のために泣いた。

呼び鈴の音に玄関を開けると、すっかり顔馴染みになった配送業者が立っていた。またか、という思いが顔に出てしまう私に、相手も苦笑いだ。

「伊吹君、ちょっと、伊吹君！」

ドスドスと広縁を歩き、洗面所の引き戸を開ける。伊吹は洗濯機の蓋を開け、中のものをプラスチックのバスケットに移しているところだった。

「また荷物が届いたよ！　いい加減、無駄遣いはやめなよ！」

「無駄遣いなんてしてないよ、全部、必需品だよ……」

強気な言葉とは裏腹に、後ろめたそうに目を泳がせる。

「今度は何を買ったわけ？」

「……離乳食用の調理セットとか、いろいろ」

「そんなの、もとから店にあるもので十分じゃん！」

「店にあるのは、本格的過ぎて可愛くないんだよ」

「使うのは私たちなのに、可愛くてどうすんの？」

「槙生ちゃんと、そういう部分で意見の擦り合わせをすることは諦めた」

どういう意味だ。伊吹はいそいそと玄関に向かい、段ボールのテープを剝がす。子供がままごとに使うような、小さなすり鉢やこし器、ココット皿などを取り出して、頰をほころばせている。

「それ、全部でいくらしたの？　なんか、ブランドロゴみたいなのがちらっと見えたけど」

伊吹の肩がぎくりと強張る。そそくさと段ボールに食器を戻す様子は、怪しさしかない。

「嘘ついたって、調べたらすぐわかるんだからね」

「槇生ちゃん、最近口うるさい。俺が俺のお小遣いで何を買ったって、自由じゃん。もうほっといてよ！」

なんだこいつ、反抗期か。伊吹は段ボールを抱えると、逃げるように寝室に去っていった。寝室の一角には、すでに伊吹のベビーグッズコレクション――プレイマットや布の絵本、ふかふかのウサギの耳が付いたおくるみや、振り回すとリロリロと音が鳴る玩具などが積み上げられているはずだ。

溜息まじりに台所に戻り、いつものように丹念に手を洗う。清潔な布巾で水気を拭い、伊吹が床下収納の奥から取り出しておいてくれたホーロー容器の蓋を、そっとずらす。顔を近付け、ぬかの甘い香りを胸いっぱいに吸い込んだ瞬間、臍の裏側をくすぐられたような、不思議な感触がした。

ぬか床の前で立ち尽くす私を見て、寝室から戻ってきた伊吹が首をかしげる。

「どうかした？」

「……いや、別に。あっ、ちょっと伊吹君、何で手袋なんかしてるの！」

「だって、俺の手のひらの菌が、ぬか床に混ざるって考えたら、なんかちょっとさ

「……」

「もう、往生際が悪いなぁ。さっさと外して！」

今日から、伊吹にぬか床の掻き混ぜを手伝ってもらうのだ。私に叱りつけられ、伊吹は渋々薄手のビニール手袋を外す。

「本当に俺でいいのかな……。槙生ちゃんがやった方がいいんじゃない」

「だって私、出産後は一週間入院だよ。病室にぬか床を持ち込むわけにはいかないんだから、伊吹君には今から慣れてもらわないと」

「でも、代々受け継がれてきた由緒あるぬか床に、赤の他人の菌を混ぜて、ご先祖様に怒られないかな」

「赤の他人じゃないじゃん、家族でしょ」

私の言葉に、伊吹はごくりと唾を呑んだ。骨ばった大きな手を、おそるおそるぬか床に差し入れる。

「わぁっ！」

「何、どうしたの⁉」

「思ったよりあたたかくて、しっとりしてるなぁって……」

突然大きな声を出すから、何かと思った。伊吹は、ぎごちない手つきでぬかを手の平にすくう。

「なんか俺、槙生ちゃんと楓さんのご先祖様に、手を取って家族に迎え入れてもらった気分だよ」

伊吹は心なしか、涙ぐんでいるようだった。ここは、ようこそ、とか言うべきなんだろうか、と思ったが、あちこちむず痒くなりそうなのでやめておいた。

「楓さんも、このぬか床を掻き混ぜたことがあったのかな……」

「ないと思うよ。いつも爪の先までめかし込んでマニキュアだのキラキラした石だのくっつけてたし、手がぬかみそくさくなるのは嫌がりそうじゃん」

「槙生ちゃん、そこは『そうかもね……』ってしんみり言うだけでいいんだよ。そういうところだよ」

だって、本当のことじゃないか。不貞腐れる私の横で、伊吹は丁寧にぬか床を掻き混ぜる。初めはおずおずとしていたが、すぐに熟練のような手つきになるところが小憎らしい。

「ところで明日の検診だけど、伊吹君、本当に一緒に来るの？　体調も安定してるし、ひとりで大丈夫だけど」

「もう店は休むことに決めたから」

きっぱりという伊吹に、溜息が出る。付き添ってくれるのは有難いが、店を休んでまですることだろうか。

「伊吹君がついてくると、いろいろ聞かれたときに説明が面倒なんだよなぁ……。もう、パパです、って言っちゃってもいい？」

「槇生ちゃん、そういういい加減なことはよくないよ。俺はパパではなく、グランパだから。けじめはちゃんとつけなきゃ」

「はー、有難迷惑」

「何か言った？」

伊吹に横目で睨まれた瞬間、今度は臍の少し上あたりで、ぽこんと何かが弾ける。

「……やっぱり、蹴った。さっきから、お腹の中で動いてる」

「ほんとに⁉」

あ、と思ったときにはもう、伊吹がぬかまみれの手で、私のお腹に触れていた。

「違うよ、そっちじゃないって。もっと右……いや、左かな。あ、また動いた！」

伊吹の手を摑んで誘導しているうちに、いつしか私たちは、泥んこ遊びをする子供のようにぬかまみれになっていた。

「なんか俺たち、遊ばれてない？」

「お腹にいるときからこれじゃあ、先が思いやられるね」

顔を見合わせ、噴き出してしまう。ポコポコと気まぐれに動くお腹は、まるで私たちと一緒に、笑っているかのようだった。

特別短編　床分け

　あたしの家は、四人家族、ということになっている。まずはあたしとママ、それに伊吹《いぶき》君。もうひとり——という数え方でいいのかわからないけど、いちおうもうひとりは、あたしの名前の由来になった、楓《かえで》さん。

「楓花《ふうか》さん」

　担任の杉浦《すぎうら》に呼ばれて、あたしは上履きのつま先に向けていた視線を、ちょっとだけ上にずらした。杉浦の顔には、わかりやすく『まいったなあ』と書いてある。今年の春にうちの学校に赴任してきた杉浦は、初日の挨拶で『皆さんは今日から五年生ですが、僕は教師一年生です。僕の方がずっと後輩なので、いろいろ教えてくださいね』と言っていた。だけどそのわりに、あんまり若くない。島に来るまでは東京の博物館で働いていたらしい。短く刈った髪には銀色の白髪がぽつぽつ混ざっていて、笑うと目の端とほっぺに深い皺《しわ》ができる。いつも眉毛が八の字に下がっていて、なんだか、しょぼくれた感じ。くたくたのポロシャツを着た腕は、浅黒いけど全然スポーツマンっぽくない。ひょろひょろで、伊吹君――はともかく、ママの方がよっぽど逞《たくま》しいくらいだ。

「他の宿題は遅れたことがないのに、どうして作文だけが書けないのかな。上手に書こう、良い文章を書こう、なんて思わなくっていいんだよ」

「別にそんなこと、思ってませんけど」

ああ、最悪だ。宿題のことで職員室に呼び出されるなんて。これでもあたしは優等生で通っているのに。そもそも、こういうことで反抗するのって、子供っぽいと思うし。

「楓花さんのおうちのことを、のびのび書けばいいんだよ。恥ずかしがらずに」

「やです。だいたい、『私の家族』がテーマなんて、おかしいじゃないですか。道徳の授業で、自分のことをむやみにSNSに書き込まない、って習ったばかりなんですけど。SNSはだめなのに、作文だったらいいんですか」

「なるほど、確かに！　……あ、いやでも、高学年はこのテーマで、コンクールに応募する決まりなんだよね。まいったなあ」

あ、ほんとに『まいったなあ』って言った。杉浦は眉間に皺を寄せ、持っていたボールペンのキャップを、耳の裏のくぼみにぐりぐり押しつけている。

「あと先生、さっきの『恥ずかしがらずに』ですけど。先生は、あたしが恥ずかしがって作文を書かないと思ってる、ってことですか。うちの家族が、みんなと違うから」

「え⁉　いやいや、違うよ、全然、そんな意味じゃない！」

杉浦が慌てたように立ち上がった拍子に、机の隅に置かれたお弁当箱に肘がぶつかり、落っこちそうになる。反射的に手が動いて、キャッチしてしまった。ブルーと黄色のストライプのハンカチで包まれた、ずっしり重い、角形のお弁当箱。とっくにお昼の時間は過ぎているし、そもそもうちの学校には給食があるので、これはきっと、杉浦の夜ご飯用だ。まだ温かいから、昼休みの時間にでも、誰かが届けたんだろう。それか、どこかで待ち合わせしたとか。

「わっ、ごめん、ありがとう！」

ほっとけばよかった。八の字眉の笑顔を見て、そんなことを思ってしまう。あたし、性格悪いかな。

「杉浦先生」

「うん？」

「バスの時間があるので、帰っていいですか」

「あっ、そうだね、楓花さんはバス通だったよね。ええと、じゃあ作文は……」

杉浦はまだ何か言っていたけど、あたしは早足で職員室を飛び出した。下足箱でスニーカーに履き替える。校門の前には、もうバスが到着していた。

あたしが生まれた島には、小学校がひとつしかない。昔は四つあったらしいけど、あたしが入学する年に、ひとつにまとまった。だから半分以上の子がバスで通学している。家からは少し遠いけど、できたばかりの綺麗《きれい》な校舎に通えるのは嬉《うれ》しい。紺色のセーラー服は可愛《かわい》いし、スカーフとお揃《そろ》いの水色のランドセルも気に入ってる。友達もいるし、勉強だってそこそこ楽しい。でも、気に入らないこともある。

たとえば、通学のときに被《かぶ》らされる、子供っぽい黄色の帽子とか、掃除の時間に飯田《いいだ》と上山《かみやま》がふざけてても、あのふたりは言っても無駄だからほっといて済ませちゃお、てなる空気とか、たまに給食に出る高野豆腐とか。

あと最近は、担任の杉浦とか。

往復四十分のバス通学は、いつもあっというまだ。友達とのお喋《しゃべ》りも楽しいけど、ひとりで窓から海を眺める時間も好き。ほとんど止まっているように見える波が、日の光をゆらゆら、きらきら跳ね返してる。透き通ったエメラルドグリーンのときもあれば、淡いターコイズブルーのときも、カワセミの羽根みたいな色のときもある。あたしは結構、色の名前に詳しい。幼稚園から一緒の琴葉《ことは》ちゃんが、おうちに百色の色鉛筆を持っていて、青系の色だけ（それでも二十本くらい）を、いつもランドセルに入れていた。それをおみくじみたいに持って、今日はこの色だね、って選ぶのが楽しかった。三年生の夏休みに、家族で本土に引っ越しちゃったけど。

バスが中央高校の前で停《と》まる。まだ四時前だから、高校生は乗ってこない。かわりに乗車口のステップを上ってきた人を見て、下級生の女の子たちが「梨依紗《りいさ》先生、こんにちは」と、可愛い声で言う。梨依紗さんが「こんにちは」と微笑《ほほえ》むと、きゃーっと歓声が上がった。バレエ教室の生徒さんかな。梨依紗さんはいつも、信じられないくらい綺麗に歩く。すべるように、って、きっとこんな感じ。湖に浮かぶ白鳥みたい。

「楓花ちゃん、久しぶり。髪の毛、短くしたのね。すっごく可愛い。隣、いい？」

いいに決まってるけど、さっきの女の子たちの羨望のまなざしが、ちょっと痛い。今日は土庄町のカルチャーセンターで、お年寄り向けのエクササイズ教室があったのだという。

「梨依紗さんがバスって、珍しいですね」

いつもは外国製のスポーツカーに乗っている。真っ白で、ボタンを押したら屋根が開くやつ。何回か、ママと乗せてもらったことがある。

「エンジンの音がおかしくて、修理に出してるの。楓花ちゃんは、今日から二学期よね。どう？　学校、楽しい？」

「まあ……普通、です」

「担任は、杉浦先生なのよね。去年島に越してきたって聞いてるけど、どんなひと？」

「別に普通のおじさんですけど、どうしてですか？」

反対に訊《き》き返すと、梨依紗さんは、黒目がちな瞳をきょろきょろ動かした。

「そうね、えっと……最近越してきた人のことは、なんとなく、気になっちゃうの」

「よそもの、だからですか？　梨依紗さんも、もとは本土のひとだったのに、ずっと島で暮らしていると、そういうふうに思うようになるんですね」

ちょっと意地悪だったかもしれない。梨依紗さんは拗《す》ねたように唇をすぼめて、「楓花ちゃんてば、どんどん槇生《まきお》ちゃんに似てくるんだから」と呟く。

「それ、陽菜《ひな》お姉ちゃんにも言われました」

「この前のお盆のとき？　玲音《れおん》も帰ってこられたらよかったのになぁ。お店が忙しくて、全然休みがもらえないみたいなの。幼馴染《おさななじみ》三人、なかなか揃わないわよね」

久しぶりに玲音君の名前が出て、どきっとする。だけど顔に出さないように気をつけて、そうですね、とだけ返した。

陽菜ちゃんと玲音君と、あたし。大人はすぐにひとまとめにして、幼馴染三人、なんていうけど、あたしだけがふたりより、ずっと子供だ。陽菜ちゃんは岡山の銀行で働いていて、玲音君は、神戸の美容院でアシスタントをしている。陽菜ちゃんはお盆と正月には必ず帰ってくるけど、玲音君には、もうずっと会っていない。「俺が一番下っ端だから、なかなか連休をもらえないんだよね」ってため息をついてたのは、いつだっけ。あのときの玲音君の髪の毛は、少し長めのオリーブブラウンだった。今は、ストロベリーレッドのスパイキーショート。あたしは中学になるまで自分のスマホでSNSをするのは禁止だから、ママのを借りて見るだけだけど、玲音君のインスタには、いつも楽しそうな写真が投稿されている。髪型を変えるたびにフォロワーが増えて、いつのまにか、別の世界の人みたいだ。

いつものようにオリーブ公園の前でバスを下りる。窓越しに、梨依紗さんが手を振ってくれた。

少し歩くと、もうずっと動いていないサインポールが見えてくる。赤白青の縞模様《しまもよう》も、シャッターに書かれた『烏丸《からすま》理髪店』の文字も、海風が運ぶ砂で汚れている。

玲音君が高校を卒業して、神戸の美容師学校に行くことが決まったとき、あたしは小学二年生だった。子供の特権を駆使して、わんわん泣いて、やだやだ行かないでって、だだをこねた。玲音君は、一人前の美容師になったら絶対に帰ってくる、島でお店を開いて、一番最初のお客さんはふうちゃんだよって、約束してくれた。きっともう、忘れてる。いろんなことが変わってしまうのは、仕方がないことなんだ。

それを嘘《うそ》つきだと思うほど、あたしはもう、子供じゃない。

ドアベルを揺らして店に入ると、カウンターにいた伊吹君が顔を上げる。お客さんはいないけど、奥のテーブル席に、空のグラスとパスタ皿がふたつずつ。さっき外ですれ違った女の子たちだろうか。ふたりとも、カラフルなスーツケースを引いていた。

「ふうか、おかえり」

まだランドセルを下ろしてないけど、肩に入っていた力が、ふわっとほどける。ここはお店で、まだ家《うち》じゃないんだけど、伊吹君のこの笑顔を見た瞬間が一番、帰ってきたなあって思う。いつもはすぐにバックヤードに行って宿題をするけど、今日はカウンターのスツールに座った。

「マスター、強いのちょうだい」

頰杖《ほおづえ》をついて言ってみると、伊吹君は小さく噴き出した。

「何かあった？」

「ないこともない。けど、伊吹君が心配するほどのことじゃない」

伊吹君はグラスに、冷凍のベリーと氷を入れる。それから真っ赤なザクロのシロップと、ジンジャーエール。ずっと昔、伊吹君は、東京のバーで働いていたことがあるらしい。だからかな、お酒を作る姿がすごく絵になる。お酒、っていっても、ノンアルコールのジュースだけど。

伊吹君があたしにとって何なのか、説明するのはちょっと難しい。生まれた瞬間から傍《そば》にいてくれたらしいけど（立ち会い出産、ってやつだ）、パパではない。だけど、一緒に暮らしてる。毎日ご飯を作ってくれて、幼稚園のエプロンも、小学校の手提げバッグも、全部伊吹君が縫ってくれた。前は背中まで伸ばしていた髪の毛だって、毎晩伊吹君がドライヤーで乾かしてくれて、朝は綺麗な三つ編みにしてくれた。私がショートボブにしたときは、ちょっぴり悲しそうだった。短いのも可愛いけど、ふうかにかまえなくなるのが寂しい、って。

ママよりもママらしい、と、ママは言う。あたしもそう思う。パパよりもパパらしいかは、わからない。あたしには、パパってものがいたことがないから。

「あーあ、伊吹君がママと結婚してくれれば、簡単なのに」

スツールで足をぶらぶらさせながらぼやくと、伊吹君は「ああ、作文の？」と笑う。

「そう。だけど、『あたしの家は四人家族です。あたしとママと伊吹君と、いなくなった楓さんの、四人で暮らしています』なんて、書けないよ」

おまけに楓さんがママのママで、伊吹君と結婚していて、伊吹君がママのパパで、あたしのおじいちゃん、とか。大体、全然おじいちゃんらしいビジュアルじゃない。伊吹君めあてに、カフェに通うお客さんもいるくらいだ。

「俺は、面白いと思うけど」

「面白いのはいいけど、知らない人から面白がられるのは、やなんだよ」

「ふうか、その言い方、槙生ちゃんにそっくり」

それ、今日二回目。顔をしかめるあたしの前に、伊吹君が、ストローを添えたグラスを置く。いつもよりシロップ多めの真っ赤なシャーリーテンプルは、冷たくて甘くて、がつんと頭にしみた。なるほど、確かに「強いの」だ。

午後六時、一緒に閉店作業をして、『カフェ・メープル』のスタンド看板を中にしまう。あたしが生まれる前は、『スナックかえで』という、お酒を出す店だったらしい。地元の人からは、ぬか漬けスナック、と呼ばれていて、今は、ぬか漬けカフェとか、ぬか漬け食堂とか呼ばれている。伊吹君が作るごはんと、ママが作るぬか漬けがおいしくて、本土からわざわざ訪ねてくる人もいるくらいだ。

「だけど伊吹君は、いやじゃなかった？　大好きな楓さんが作ったお店を、変えちゃうの」

「でもスナックのままだと、俺か槙生ちゃんのどっちかが、夜に家を空けることになっちゃうでしょう。赤ちゃんのふうかはミルクを飲まない子だったし、そうするとやっぱり、槙生ちゃんが有利になっちゃうからさ」

「よくわかんないけど、そういうの、有利っていうのかな」

「でも槙生ちゃんばっかりがふうかのお世話をするのって、ずるくない？　俺だって本当なら、かたときもふうかと離れたくなかったもん」

伊吹君は何の照れもなくそういうことを言うので、たまに、ちょっとたじろぐ。

「でも、ふうかと槇生ちゃんに出会う前だったら、こんなふうに思えなかったかな。楓さんがいた頃のまま、何ひとつ変えたくなかったかもしれない」

ドアのプレートを『CLOSED』に変えて、ふたりで海沿いの道を並んで歩く。もう、手は繋《つな》がない。昔は精一杯見上げていた伊吹君の顔が、今は、ずいぶん近くにある。あたしは、きっと来年には、ママの背を追い抜く。

「俺さ、楓さんと、約束したんだ。投げやりにならないで、前向きに、幸せになる方法を探す、ってね」

「ふうん」

だったら、伊吹君も新しいパートナーを探す、って考えにならないのかな。そんなことになったら絶対いやだから、口が裂けても言わないけど。


もう二度と話せない、見ることも触ることもできない大好きな人と、ずっと一緒に暮らしていくって、どんな感じなんだろう。

お風呂上がりにアイスキャンディーをかじりながら、写真立ての中の楓さんを見つめる。仏壇には、伊吹君が毎朝、庭から摘んできたオクラとかインゲンの花を供えている。だけど、そういう慎ましい花が霞《かす》んでしまうくらい、華やかな笑顔だ。この人じたいが、ダリアとか、アマリリスみたい。

縁側から吹き込む風が、洗ったばかりの髪を撫《な》でる。庭に生い茂った野菜たちの葉っぱが、さわさわ揺れる。ママの主義として、我が家の庭には食べられるものしか植えられていない。

この家は、もともと伊吹君と楓さんがふたりで暮らしていたらしい。楓さんが亡くなったあと、ママとママのお腹《なか》の中にいるあたしが転がり込んだのだ。信じられないことに、ママと伊吹君は、楓さんのお葬式が初対面だったらしい。小さい頃、眠る前に何度もねだった、大好きなお話。ママも伊吹君も、ふうかがいなかったら、このお話は始まらなかったね、って笑う。だからあたしは、学校の作文になんかしたくない。たとえば、ずっと昔に玲音君にもらったビーズの指輪とか、陽菜ちゃんにもらった万年筆とか、エンジェルロードで拾った貝殻みたいに、ちゃんと、机の奥の引き出しにしまっておきたい。見せるのも触らせるのも、あたしと同じように、大切に扱ってくれる人にだけ。

大体、内容が特殊すぎるから、変に評価されてコンクールで賞なんかもらっちゃって、新聞に載ったり、みんなの前で朗読するはめになったら、ださすぎる。

車の音が近づいてくる。ママだ。私が二年生になった頃から、ママは土庄町の介護施設で働いてる。今日はお昼過ぎからの遅番の日。にしても、もう十時過ぎだ。ちょっと遅いんじゃない？　まあ、移動時間を考えたら、オーバー十五分くらいだけど。

残りのアイスキャンディーを口の中に詰め込んで、あたしは台所に向かう。床下収納の奥から、もうずいぶん古くなった、角形のホーロー容器を取り出す。

「あっ、ふうだ。ただいま！　伊吹は？」

「さっき入れ違いでお風呂に入ったところ」

「よし！　十分前に帰ってきたってことにしといて」

「多分、バレてるよ。ママ、玄関を開ける音とかうるさいから」

「ちょっとー、その口調、伊吹そっくりだよ」

それ、今日三回目。じゃないや、伊吹君に似てる、は一回目か。

ママはトートバッグを椅子にどさっと置くと、洗面所へ行って、それからまた、すぐに台所に戻ってくる。あたしがホーロー容器の蓋を開けると、「サンキュ」と笑う。仕事を終えたあとなのに、ママのコーラルオレンジの口紅は、やけに鮮やかだ。まるで、塗ったばっかりみたい。まあ、いいけど。口紅を塗り直すのも、仕事帰りに、仲良しの人とちょっとだけお喋りして帰ってくるのも。そういう時間って、ママにも必要だと思うし、ママが何を一番大事にしてるか、あたしはちゃんとわかってるし。伊吹君だって、口うるさくいろいろ言うけど、本当はわかってると思う。

「うーん、やっぱりちょっと、ぼそぼそしてるかなあ。陽菜に気前よく、分けすぎたかな」

ぬかに触りながら、ママはちょっと唇を尖《とが》らせる。言葉とは反対に、すごく嬉しそう。

この前、陽菜ちゃんがうちに遊びに来た。婚約者と一緒に。大学の頃からずっと付き合っていて、来年結婚する、って。だから、結婚祝いのかわりに、ママのぬか床を、ちょっぴり分けてほしいって。

新しくぬか床を作るとき、上手な人からぬか床を分けてもらうと、すぐに熟成するらしい。ママは、株分け、とか、床分け、とか言う。

半分になったうちのぬか床には、生ぬかがたっぷり足されて、まだ馴染みきっていない感じだ。

ママはサヤインゲンを取り出しながら、「いつか、ふうにも、床分けする日が来るのかなあ」なんて言う。

「伊吹なんか、号泣するんだろうな。そもそも、ふうが誰を連れてきたって気に入らなそうだし」

「……来ないし、分けないよ」

「そう？」

ぬか床なんかいらない、とか、そういう意味じゃない。あたしはずっと、四人でいい。他の誰かが入るなんてごめんだし、誰かが出ていくのも絶対いや。

だけど、なんでかな。いつかはきっとそんな日がくるんだろうなって、同じくらいの強さで感じてる。

「ねえ、ふう。何が足りないと思う？」

ママが、さっと洗ってぬかを落としたインゲンを、あたしと、自分の口に放り込む。おいしくない、わけじゃない。でも、ちょっとだけ味がとげとげしい。インゲンの青臭さと、ぬか漬けの酸っぱさがけんかしてる感じだ。

「……塩？」

あたしとママの声が、ぴったり重なる。ママが、顔をくしゃくしゃにして笑う。急に胸がぱんぱんになって、あたしは、突進するみたいにママの体に抱きついた。

「お、なんだなんだ？」

ママがよろけながら、嬉しそうにあたしの頭を撫でる。ちょっと、ちゃんと手、洗った？

椅子に置かれたトートバッグの口からは、赤いチェックのハンカチで包まれた丸いお弁当箱が覗《のぞ》いている。そして隣には、ブルーと黄色のストライプのハンカチで包まれた、角形のお弁当箱。

杉浦が悪い奴《やつ》じゃないことは、本当はあたしにだって、ちゃんとわかってる。だけど、誰を連れてきたって、気に入らない。結局、そういうことなのだ。

本書のプロフィール

本書は、二〇二二年十月に小学館より単行本として刊行された同名作品を改稿し、文庫化したものです。

小学館文庫

今夜《こんや》、ぬか漬《づ》けスナックで

著者　古矢永塔子《こやながとうこ》

二〇二五年四月九日　初版第一刷発行

発行人　庄野　樹
発行所　株式会社　小学館
〒一〇一-八〇〇一
東京都千代田区一ツ橋二-三-一
電話　編集〇三-三二三〇-五九五九
　　　販売〇三-五二八一-三五五五
印刷所――ＴＯＰＰＡＮ株式会社

造本には十分注意しておりますが、印刷、製本など製造上の不備がございましたら「制作局コールセンター」（フリーダイヤル〇一二〇-三三六-三四〇）にご連絡ください。（電話受付は、土・日・祝休日を除く九時三〇分〜一七時三〇分）
本書の無断での複写（コピー）、上演、放送等の二次利用、翻案等は、著作権法上の例外を除き禁じられています。本書の電子データ化などの無断複製は著作権法上の例外を除き禁じられています。代行業者等の第三者による本書の電子的複製も認められておりません。

この文庫の詳しい内容はインターネットで24時間ご覧になれます。
小学館公式ホームページ　https://www.shogakukan.co.jp

©Toko Koyanaga 2025　Printed in Japan
ISBN978-4-09-407449-9

第5回 警察小説新人賞
作品募集

大賞賞金 300万円

選考委員

今野 敏氏（作家）
月村了衛氏（作家） 東山彰良氏（作家） 柚月裕子氏（作家）

募集要項

募集対象

エンターテインメント性に富んだ、広義の警察小説。警察小説であれば、ホラー、SF、ファンタジーなどの要素を持つ作品も対象に含みます。自作未発表（WEBも含む）、日本語で書かれたものに限ります。

原稿規格

▶ 400字詰め原稿用紙換算で200枚以上500枚以内。
▶ A4サイズの用紙に縦組み、40字×40行、横向きに印字、必ず通し番号を入れてください。
▶ ❶表紙【題名、住所、氏名(筆名)、生年月日、年齢、性別、職業、略歴、文芸賞応募歴、電話番号、メールアドレス（※あれば）を明記】、❷梗概【800字程度】、❸原稿の順に重ね、郵送の場合、右肩をダブルクリップで綴じてください。
▶ WEBでの応募も、書式などは上記に則り、原稿データ形式はMS Word（doc、docx）、テキストでの投稿を推奨します。一太郎データはMS Wordに変換のうえ、投稿してください。
▶ なお手書き原稿の作品は選考対象外となります。

締切

2026年2月16日
（当日消印有効／WEBの場合は当日24時まで）

応募宛先

▼郵送
〒101-8001 東京都千代田区一ツ橋2-3-1
小学館 出版局文芸編集室
「第5回 警察小説新人賞」係
▼WEB投稿
小説丸サイト内の警察小説新人賞ページのWEB投稿「応募フォーム」をクリックし、原稿をアップロードしてください。

発表

▼最終候補作
文芸情報サイト「小説丸」にて2026年6月1日発表
▼受賞作
文芸情報サイト「小説丸」にて2026年8月1日発表

出版権他

受賞作の出版権は小学館に帰属し、出版に際しては規定の印税が支払われます。また、雑誌掲載権、WEB上の掲載権及び二次的利用権（映像化、コミック化、ゲーム化など）も小学館に帰属します。

警察小説新人賞 検索
くわしくは文芸情報サイト「小説丸」で
www.shosetsu-maru.com/pr/keisatsu-shosetsu/